हिन्द पॉकेट बुक्स

उपेंद्रनाथ अश्क की सर्वश्रेष्ठ कहानियाँ

उपेन्द्रनाथ अश्क उर्दू एवं हिन्दी के प्रसिद्ध कथाकार तथा उपन्यासकार थे। ये अपनी पुस्तक स्वयं ही प्रकाशित करते थे। उपेंद्रनाथ अश्क ने साहित्य की प्राय: सभी विधाओं में लिखा है, लेकिन उनकी मुख्य पहचान एक कथाकार के रूप में ही है। बम्बई प्रवास में आपने कई फ़िल्मों की कहानियाँ, पटकथाएँ, सम्वाद और गीत लिखे, तीन फ़िल्मों में काम भी किया, किन्तु चमक-दमक वाली ज़िन्दगी उन्हें रास नहीं आई। 19 जनवरी 1996 को अश्क जी चिर निद्रा में लीन हो गए। उनको 1972 के 'सोवियत लैंड नेहरू पुरस्कार' से भी सम्मानित किया गया।

उपेंद्रनाथ अश्क की सर्वश्रेष्ठ कहानियाँ

उपेंद्रनाथ अश्क

हिन्द पॉकेट बुक्स
पेंगुइन रैंडम हाउस इम्प्रिंट

हिन्द पॉकेट बुक्स

यूएसए। कनाडा। यूके। आयरलैंड। ऑस्ट्रेलिया। सिंगापुर
न्यू ज़ीलैंड। भारत। दक्षिण अफ्रीका। चीन

हिन्द पॉकेट बुक्स, पेंगुइन रैंडम हाउस ग्रुप ऑफ़ कम्पनीज़ का हिस्सा है, जिसका पता www.hindpocketbooks.com पर मिलेगा

पेंगुइन रैंडम हाउस इंडिया प्रा. लि.,
चौथी मंजिल, कैपिटल टावर 1, एमजी रोड,
गुरुग्राम 122002, हरियाणा, भारत

पेंगुइन
रैंडम हाउस
इंडिया

प्रथम हिन्दी संस्करण हिन्द पॉकेट बुक्स द्वारा 2020 में प्रकाशित

10 9 8 7 6 5 4 3 2

इस पुस्तक में व्यक्त विचार लेखक के अपने हैं, जिनका यथासंभव तथ्यात्मक सत्यापन किया गया है, और इस संबंध में प्रकाशक एवं सहयोगी प्रकाशक किसी भी रूप में उत्तरदायी नहीं हैं।

ISBN 9789353494568

मुद्रकः रेप्रो इंडिया लिमिटेड

www.penguin.co.in

FSC www.fsc.org MIX Paper from responsible sources FSC® C047271

This is a legitimate digitally printed version of the book and therefore might not have certain extra finishing on the cover.

अनुक्रम

चारा काटने की मशीन

रेल की लाइनों के पार, इस्लामाबाद की नई आबादी के मुसलमान जब सामान का मोह छोड़, जान का मोह लेकर भागने लगे तो हमारे पड़ोसी लहनासिंह की पत्नी चेती।

'तुम हाथ पर हाथ धरे नामर्दों की भाँति बैठे रहोगे,' सरदारनी ने कहा, 'और लोग एक से एक बढ़िया घर पर कब्ज़ा कर लेंगे।'

सरदार लहनासिंह और चाहे जो सुन लें, परन्तु औरत ज़ात के मुँह से "नामर्द" सुनना उन्हें कभी गवारा न था। इसलिए उन्होंने अपनी ढीली पगड़ी को उतारकर फिर से जूड़े पर लपेटा, धरती पर लटकती हुई तहमद का किनारा कमर में खोंसा, कृपाण को म्यान से निकालकर उसकी धार का निरीक्षण करके उसे फिर म्यान में रखा और फिर इस्लामाबाद के किसी बढ़िया "नए" मकान पर अधिकार जमाने के विचार से चल पड़े।

वे अहाते ही में थे कि सरदारनी ने दौड़कर एक बड़ा-सा ताला उनके हाथ में दे दिया, 'मकान मिल गया तो उस पर अपना कब्ज़ा कैसे जमाओगे?'

सरदार लहनासिंह ने एक हाथ में ताला लिया, दूसरा कृपाण पर रखा और लाइनें पार कर इस्लामाबाद की ओर बढ़े।

खालसा कालेज रोड, अमृतसर पर, पुतली घर के समीप ही हमारी कोठी थी। उसके बराबर एक खुला अहाता था, वहीं सरदार लहनासिंह चारा काटने की मशीनें बेचते थे। अहाते के कोने में दो-तीन अंधेरी-सीली कोठरियाँ थीं।

मकान की किल्लत के कारण सरदार साहब वहीं रहते थे। यद्यपि काम उन्होंने डेढ़-दो हज़ार रुपये से आरम्भ किया था, पर लड़ाई के दिनों में (किसानों के पास रुपये का बाहुल्य होने से) उनका काम खूब चमका।

रुपया आया तो सामान भी आया और सुख-सुविधा की आकांक्षा भी जगी। यद्यपि प्रारम्भ में उस अहाते और उन कोठरियों को पाकर पति-पत्नी बड़े प्रसन्न हुए थे, परन्तु अब उनकी पत्नी, जो "सरदारनी" कहलाने लगी थी, उन कोठरियों तथा उनकी सील और अंधेरे को अतीव उपेक्षा से देखने लगी थी। ग्राहकों को मशीनों की फुर्ती दिखाने के लिए दिन-भर उसमें चारा कटता रहता था। अहाते-भर में मशीनों की कतारें लगी थीं, जो भावना-रहित हो अपने तीखे छूरों से चारे के पूले काटती रहती थीं। सरदारनी के कानों में उनकी कर्कश ध्वनि हथौड़ों की अनवरत चोटों-सी लगती थीं। जहाँ-तहाँ पड़े हुए चरी के पूले और चारे के ढेर अब उसकी आँखों को अखरने लगे। सरदार लहनासिंह तो यद्यपि उनकी पगड़ी और तहमद रेशमी हो गयी थी और उनके गले में लकीरदार गबरुन की कमीज़ का स्थान घुटनों तक लम्बी बोस्की की कमीज ने ले लिया था, वही पुराने लहनासिंह थे। उन्हें न कोठरियों की तंगी अखरती थी, न तारीकी, न मशीनों की कर्कशता, न चारे के ढेरों की निरीहता, बल्कि वे तो इस सारे वातावरण में बड़े मस्त रहते थे। वे उन सरदारों में से हैं जिनके सम्बन्ध में एक सिख लेखक ने लिखा है कि जिधर से पलटकर देख लो, सिख दिखाई देंगे।

कुछ पतले-दुबले हों, यह बात नहीं। अच्छे-ख़ासे हृष्ट-पुष्ट आदमी थे और उनकी मर्दुमी के परिणामस्वरूप पाँच बच्चे जोंकों की तरह सरदारनी से चिपटे रहते थे, परन्तु यह सरदारनी का ढंग था। उसे यदि सरदार लहनासिंह से कोई काम कराना होता, जिसमें कुछ बुद्धि की आवश्यकता हो तो वह उन्हें 'बुद्धू' कहकर उकसाती और यदि ऐसा काम कराना होता, जिसमें कुछ बहादुरी की ज़रूरत हो तो उन्हें नामर्द का ताना देती। उसका ढंग था तो ख़ासा अशिष्ट पर रुपया आने और अच्छे कपड़े पहनने ही से तो अशिष्ट आदमी शिष्ट नहीं हो जाता। फिर सरदारनी को नए धन का भान चाहे हो, शिष्टता का भान कभी न था।

सरदार लहनासिंह इस्लामाबाद पहुँचे तो वहाँ मार-धाड़ मची हुई थी।

उनकी चारा काटने की मशीनें जिस प्रकार भावना-रहित होकर चरी के निरीह पूले काटती थीं, कुछ उसी प्रकार उन दिनों एक धर्म के अनुयायी दूसरे धर्म के अनुयायियों को काट रहे थे। सरदार लहनासिंह ने अपनी चमचमाती हुई कृपाण निकाली कि यदि किसी मुसलमान से मुठभेड़ हो जाए तो तत्काल उसे अपनी मर्दुमी का प्रमाण दे दें। परन्तु इस ओर जीवित मुसलमान का निशान तक न था। हाँ, गलियों में रक्तपात के चिह्न अवश्य थे और दूर लूट-मार की आवाज़ें भी आ रही थीं।

तभी, जब वे सतर्कता से बढ़े जा रहे थे, उनको अपने मित्र गुरदयाल सिंह मकान का ताला तोड़ते दिखाई दिये।

सरदार लहनासिंह ने रुककर प्रश्नसूचक दृष्टि से उनकी ओर देखा।

'मैं तो इस मकान पर कब्जा कर रहा हूँ।' सरदार गुरदयालसिंह ने एक उचटती हुई दृष्टि अपने मित्र पर डाली और निरन्तर अपने काम में लगे रहे।

तब सरदार लहनासिंह ने ढीली होती हुई पगड़ी का सिरा निकालकर पेच कसा और अपने मित्र के नए मकान की ओर देखा। उसे देखकर उन्हें अपने लिए मकान देखने की याद आयी और वे तत्काल बढ़े। दो-एक मकान छोड़कर उन्हें सरदार गुरदयालसिंह की अपेक्षा कहीं बड़ा और सुन्दर मकान दिखाई दिया, जिस पर ताला लगा था। आव देखा न ताव, उन्होंने गली में से एक बड़ी-सी ईंट उठायी और दो-चार चोटों ही में ताला तोड़ डाला।

वह मकान यद्यपि बहुत बड़ा न था, परन्तु उसकी उन कोठरियों की तुलना में तो स्वर्ग से कम न था, कदाचित किसी शौकीन क्लर्क का मकान था, क्योंकि एक छोटा-सा रेडियो भी वहाँ था और ग्रामोफोन भी। गहने-कपड़े न थे और ट्रंक खुले पड़े थे। मकान वाला शायद मार-धाड़ से पहले शरणार्थी कैम्प या पाकिस्तान भाग गया था। जो सामान वह आसानी से साथ ले जा सकता था, ले गया था। फिर भी ज़रूरत का काफी सामान घर में पड़ा था। यह सब देखकर सरदार लहनासिंह ने उल्टी

कलाई मुँह पर रखी और ज़ोर से बकरा बुलाया। फिर तहमद की कोर को दोनों ओर से कमर में खोंसा और सामान का निरीक्षण करने लगे।

जितनी काम की चीज़ें थीं, वे सब चुनकर उन्होंने एक ओर रखीं, अनावश्यक उठाकर बाहर फेंकी, वही बड़ा ताला, जो वे घर से लाये थे, मकान में लगाया, गुरदयालसिंह को बुलाकर समझाया कि उनके मकान का ध्यान रखें और स्वयं अपना सामान लाने चले कि मकान पूर्ण रूप से उनका हो जाए।

जब वे अपने घर पहुँचे तो उन्हें खयाल आया कि सामान ले जाएँगे कैसे? इस भगदड़ में ताँगा-इक्का कहाँ? तब अहाते से साइकिल लेकर वे अपने पुराने मित्र रामधन ग्वाले के यहाँ पहुँचे जिसकी बैलगाड़ी पर (ट्रकों पर लाने-ले आने से पहले) वे अपनी चारा काटने की मशीनें लादा करते थे। मिन्नत-समाजत कर, दोहरी मज़दूरी का लालच देने के बाद वे उसे ले आए।

जब सारा सामान गाड़ी में लद गया और वे चलने को तैयार हुए तो सरदारनी ने साथ चलने का अनुरोध किया। तब उन्होंने उस नेकबख़्त को समझाया कि वहाँ के दूसरे सरदार अपनी सिंहनियों को बुला लेंगे तो वे भी ले जाएँगे। 'वे लाख सिंहनियाँ सही. . .', सरदार लहनासिंह ने अपनी पत्नी को समझाया, 'पर हैं तो औरतें ही और दंगे-फिसाद में औरतों ही को अधिक सहना पड़ा है।' फिर उन्होंने समझाया कि अहाते का भी तो ख़्याल रखना चाहिए। शरणार्थी धड़ाधड़ आ रहे हैं, कौन जाने यहाँ घर खुला देखकर जम जाएँ!

सरदारनी मान गई, परन्तु जब सरदार लहनासिंह चलने लगे तो उसने सुझाया कि वे सामान के साथ चारा काटने की एक मशीन ले जाकर अवश्य अपने नए घर में स्थापित कर दें, ताकि उनकी मिलकियत में किसी प्रकार का सन्देह न रहे और सभी को पता चल जाए कि यह मकान चारा काटने की मशीनों वाले सरदार लहनासिंह का है।

सरदारनी का यह प्रस्ताव सरदार जी को बहुत अच्छा लगा।

यद्यपि बैलगाड़ी में और स्थान न था, परन्तु सामान पर सबसे ऊपर चारा काटने की एक मशीन किसी-न-किसी प्रकार रखी गयी। गिर न जाए, इसलिए रस्सों से उसे कसकर बांधा गया और सरदार लहनासिंह अपने नए घर पहुँचे। गली ही में उन्होंने देखा कि सरदार गुरदयालसिंह की सिंहनी और बच्चे तो नए मकान में पहुँच भी गये हैं। तब उन्हें लगा कि उनसे भारी ग़लती हो गयी है। उन्हें भी अपनी सिंहनी को तत्काल ले आना चाहिए। यदि पतला-दुबला गुरदयाल अपनी सिंहनी को ला सकता है तो वे क्यों नहीं ला सकते?

यह सोचना था कि सारे सामान को उसी प्रकार ड्योढ़ी में रख वही बड़ा-सा ताला लगा, उन्होंने गुरदयालसिंह से कहा कि भाई ज़रा ख़्याल रखना, मैं भी अपनी सिंहनी को ले आऊँ, संगत हो जाएगी।

और उसी बैलगाड़ी पर सरदार लहनासिंह उल्टे पाँव लौटे। घर पहुँचकर उन्होंने अपनी सरदारनी को बच्चों के साथ तत्काल तैयार होने के लिए कहा।

परन्तु एक-डेढ़ घंटे के बाद जब अपने बीवी-बच्चों सहित सरदार लहनासिंह इस्लामाबाद पहुँचे तो उनके नए मकान का ताला टूटा पड़ा था। ड्योढ़ी से उनका सारा सामान गायब था। केवल चारा काटने की मशीन अपने पहरे पर मुस्तैदी से जमी हुई थी। घबराकर उन्होंने गुरदयालसिंह को आवाज़ दी, परन्तु उनके मकान में कोई और सरदार विराजमान थे। उनसे पता चला कि गुरदयालसिंह दूसरी गली के एक और अच्छे मकान में चले गये हैं। तब सरदार लहनासिंह कृपाण निकालकर अपने मकान की ओर बढ़े कि देखें चोर और क्या-क्या ले गये हैं?

ड्योढ़ी में उनके प्रवेश करते ही दो लम्बे-तड़गे सिखों ने उनका रास्ता रोक लिया, बैलगाड़ी पर सवार उनके बीवी-बच्चों की ओर संकेत करते हुए उन्होंने कहा कि यह मकान शरणार्थियों के लिए नहीं। इसमें थानेदार बलवन्तसिंह रहते हैं। थानेदार का नाम सुनकर लहनासिंह की कृपाण म्यान में चली गयी और पगड़ी कुछ और ढीली हो गयी।

'हुज़ूर, इस मकान पर तो मेरा ताला पड़ा था। मेरा सारा सामान भी . . .'

'चलो-चलो बाहर निकलो! अदालत में जाकर दावा करो। दूसरे के सामान को अपना बताते हो!'

और उन्होंने सरदार लहनासिंह को ड्योढ़ी से ढकेल दिया। तभी लहनासिंह की दृष्टि चारा काटने की मशीन पर गयी और उन्होंने कहा, 'देखिए, यह मेरी चारा काटने की मशीन है, किसी से पूछ लीजिए, मुझे यहाँ सभी जानते हैं।'

परन्तु शोर सुनकर अपने "नए" मकानों से जो सरदार या लाला बाहर निकले उनमें एक भी परिचित आकृति लहनासिंह को न दिखाई दी।

'यों क्यों नहीं कहते कि चारा काटने की मशीन चाहिए,' उन्हें धकेलने वाले एक सिख ने कहा और वह अपने साथी से बोला, 'सुण ओ करतारसिंहा, मशीन नूँ बाहर कर। गरीब शरणार्थी हण। असाँ इह मशीन साली की करनी ए।'

और दोनों ने मशीन बाहर फेंक दी।

दो-ढाई घंटे के असफल संघर्ष के बाद जब सरदार लहनासिंह, रात आ गयी जानकर, वापस अपने अहाते को चले तो उनके बीवी-बच्चे पैदल जा रहे थे और बैलगाड़ी पर केवल चारा काटने की मशीन लदी हुई थी।

पहेली

रामदयाल पूरा बहुरूपिया था। भेस और आवाज़ बदलने में उसे कमाल हासिल था। कॉलेज में पढ़ता था, तो वहाँ उसके अभिनय की धूम मची रहती थी। अब सिनेमा की दुनिया में आ गया था, तो यहाँ भी उसकी चर्चा थी। कॉलेज से डिग्री लेते ही उसे बम्बई की एक फिल्म कम्पनी में अच्छी जगह मिल गयी थी और अल्प-काल ही में उसकी गणना भारत के श्रेष्ठ अभिनेताओं में होने लगी थी। लोग उसके अभिनय को देख कर आश्चर्यचकित रह जाते थे। उसके पास प्रतिभा थी, कला थी और ख्याति के उच्च शिखर पर पहुँचने की महत्त्वाकांक्षा! इसीलिए जिस पात्र की भूमिका में काम करता बहुरूप और अभिनय में वह बात पैदा कर देता था कि दर्शक अनायास ही 'वाह-वाह' कर उठते और फिर हफ्तों उसकी कला की चर्चा लोगों में चला करती।

दो महीने हुए, उस की शादी हुई थी। बम्बई की एक निकटवर्ती बस्ती में छोटी-सी एक कोठी किराए पर लेकर वह रहने लगा था। कभी समय था कि वह निर्धन कहता था, परन्तु अब तो वह धन-सम्पत्ति में खेलता था। रुपये की उसे क्या परवाह थी? उसका विवाह भी उच्च घराने में हुआ था। पत्नी भी सुन्दर और सुशिक्षित मिली थी। जिस प्रकार बादल सूखी धरती पर अमृत की वर्षा कर के उसे तृप्त कर देता है, उसी प्रकार निर्धनता से सूखे हुए रामदयाल के हृदय को विधाता ने वैभव की वर्षा से सींच दिया था।

2

सन्ध्या का समय था। साये बढ़ते-बढ़ते किसी भयानक देव की भाँति

संसार पर छा गये थे। रामदयाल लायब्रेरी में बैठा था। अभी तक कमरे में बिजली न जली थी और वह किवाड़ के समीप कुर्सी रखे एक लेख पढ़ने में निमग्न था।

चपरासी ने बिजली का बटन दबाया। क्षण भर में रोशनी से कमरा जगमगा उठा। रामदयाल ने रूमाल से ऐनक को साफ किया और फिर लेख पर अपनी दृष्टि जमा दी। वह *नवयुग* का "महिला-अंक" देख रहा था। अंक देखना तो उसने यूँ ही शुरू किया था, परन्तु एक लेख कुछ ऐसा रोचक था कि एक बार जो पढ़ना आरम्भ किया तो समाप्त किये बिना जी न माना।

लेख में किसी अभिनेता के अभिनय की विवेचना न थी। छद्मवेष कला पर कोई नयी बात न लिखी गयी थी। एक सीधा-साधा लेख था, जिसमें नारी स्वभाव पर एक नूतन दृष्टि-कोण से प्रकाश डाला गया था। एक सर्वथा नयी बात थी। लिखा था :

"स्त्री प्रेम की देवी है। वह अपने प्रिय पति के लिए अपना सर्वस्व निछावर कर सकती है। वह उस की पूजा कर सकती है, पर यदि उस का पति उस के प्रेम की अवहेलना करे, उसकी मुहब्बत को ठुकरा दे तो अवसर मिलने पर वह अपने प्रेम की तृषा बुझाने के लिए किसी दूसरी चीज को ढूँढ़ लेती है, चाहे वह चल हो या अचल, सजीव हो या निर्जीव! यही प्रकृति का नियम है।"

रामदयाल उठा और गम्भीर मुद्रा धारण किये हुए पुस्तकालय के बाहर निकल आया। सड़क रोशनी से नव-वधू की भाँति सज रही थी। रामदयाल अपने हृदय की गति के समान धीरे-धीरे चला जा रहा था। उसे देख कर कौन कह सकता था कि यह वही प्रसिद्ध अभिनेता है, जो अपनी कला से भारत भर को चकित कर देता है!

उर्मिला, उसकी पत्नी, अनुपम सुन्दरी थी, कल्पना से बनी हुई सुन्दर प्रतिमा-सी! मीठे, मादक स्वर में रूप में विधि ने उसे जादू दे डाला था। संगीत-कला में उसने विशेष क्षमता प्राप्त कर ली थी और यह गुण सोने

में सुगन्ध का काम कर रहा था। जब भी कभी वह अपनी कोमल उँगलियों को सितार के पर्दों पर रखती और कान उमेठ कर तारों को छेड़ती तो सोए हुए उद्‌गार जाग उठते और कानों के रास्ते मिठास और मस्ती का एक समुद्र श्रोता की नस-नस में व्याप्त होकर रह जाता। रामदयाल उस पर जी-जान से मुग्ध था और वह भी उसे हृदय की समस्त शक्तियों से प्यार करती थी। दोनों को एक-दूसरे पर गर्व था, किन्तु यह सब कुछ स्थायी न हो सका। असार संसार में कोई वस्तु स्थायी हो भी कैसे सकती है? मनोमालिन्य की आँधी ने मुहब्बत के इस छोटे-से पौधे को क्षण भर में बर्बाद कर दिया।

उर्मिला नीचे ड्राइंग-रूम में बैठी थी। वह रामदयाल की प्रतीक्षा कर रही थी। सामने के भवन में आज कोई युवक घूम रहा था। वह कुतूहलवश उसे भी देख रही थी। उसके कान सीढ़ियों की ओर लगे हुए थे, परन्तु आँखें उस युवक को बेचैनी से घूमते देख रही थीं। वह कोठी कई दिनों से खाली थी, परन्तु अब कुछ दिन से इसे किसी ने किराए पर ले लिया था उसने दो-तीन बार किसी युवक को बिजली के प्रकाश में घूमते देखा था। ऐसा प्रतीत होता था, जैसे वह बेचैन हो, जैसे आकुलता उसे बैठने न देती हो।

अँगीठी पर रखी हुई घड़ी ने टन-टन नौ बजाए। सामने के भवन में रोशनी बुझ गयी। उर्मिला अपने आपको अकेली-सी महसूस करने लगी। उसने सितार उठाया, उसकी कोमल उँगलियाँ उसके पर्दो पर थिरकने लगीं, उसके अधर हिले और दूसरे क्षण एक करूणापूर्ण गीत वायुमण्डल में गूँज उठा :

सखि इन नैनन ते घन हारे

स्वर में दर्द था, लोच था और लय थी, सीने में प्रतीक्षा की आग थी। वह तन्मय हो गयी, अपनी मधुर ध्वनि में खो गयी और उसे यह भी मालूम न हुआ कि रामदयाल कब आया और कब तक किवाड़ की ओट में खड़ा उसे देखता रहा।

वह गाती गयी, बेसुध होकर गाती गयी। उसकी आँखें सितार पर जमी हुई थीं, उसके कान सितार के मादक स्वर में डूब गए थे। रामदयाल की भृकुटी तन गयी और वह चुपचाप मुड़ गया। खाने के कमरे में उसने दासी से खाना मँगाया और खाकर सोने चला गया। उर्मिला गाती रही, अपने दर्द-भरे गीत को वायु के कण-कण में बसाती रही। देवता आया और चला गया, पुजारी उसकी पूजा ही में व्यस्त रहा।

दूसरे दिन रामदयाल प्रातः ही घर से चला गया और बहुत रात गये घर लौटा। उर्मिला दौड़ी-दौड़ी गयी और गंगासागर में पानी ले आयी।

रामदयाल के चेहरे से क्रोध टपक रहा था।

'आप इतनी देर कहाँ रहे?'

रामदयाल चुप।

उर्मिला ने पानी का भरा हुआ गंगासागर आगे रख दिया। घर में दो दासियाँ तो थीं, परन्तु पति की सेवा वह स्वयं किया करती थी। रामदयाल जब सन्ध्या को घर आया करता तो वह उसका हाथ-मुँह धुलाती, तश्तरी में कुछ खाने को लाती और स्टूडियो की खबरें पूछती। रामदयाल ने हाथ न बढ़ाये। वह चुपचाप खड़ी उसकी गम्भीर मुद्रा को देखती रही।

उसका हृदय धड़कने लगा। बीसियों प्रकार की शंकाएँ उसके मन में उठने लगीं। उसने उन्हें बुलाने का इरादा किया, किन्तु झिड़क न दें, यह सोच कर चुप हो रही। आशा ने फिर गुदगुदी की, निराशा ने फिर दामन पकड़ लिया। मनुष्य के हृदय में जब सन्देह हो जाता है तो निराशा हमदर्द की भाँति समीप आ जाती है और आशा मरीचिका बन कर भाग जाती है। फिर भी उसने साहस करके पूछा :

'जी तो अच्छा है?'

'चुप रहो!'

'स्वामी?'

'मैं कहता हूँ, खामोश रहो!'

उर्मिला खड़ी-की-खड़ी रह गयी। निराशा ने आशा को ठुकरा दिया

और अब उस में उठने का भी साहस न रहा।

उसे कल की घटना याद हो आयी, परन्तु साधारण-सी बात पर इतना क्रोध! वह समझ न सकी। उन्हें तो इस बात पर प्रसन्न होना चाहिए था। नहीं, यह बात नहीं, उससे अवश्य कोई दूसरी अवज्ञा हो गयी है। हो सकता है, किसी से झगड़ पड़े हों अथवा कोई दूसरी घटना घटी हो। अशुभ की आशंका से उसका मन उद्विग्न हो उठा। उसके चरणों पर झुकते हुए उसने कहा, 'दासी से कोई अपराध हो गया हो तो क्षमा कर दें।'

रामदयाल ने पाँव खींच लिये, उर्मिला मुँह के बल गिरी। वह सोने चला गया।

उर्मिला बहुत देर तक उसी तरह बैठी रही और फिर लेट कर धरती में मुँह छिपा कर आँसू बहाने लगी। उसे विश्वास न होता था कि उसके पति ने इतनी-सी बात पर उसे नजरों से गिरा दिया है। रामदयाल के प्रति उसके मन में कई प्रकार के विचार उठने लगे। उस ने उन्हें आज तक शिकायत का मौका न दिया था। उस ने उनकी साधारण-सी बात को भी सिर-आँखों पर लिया था, फिर यह निरादर क्यों?

उसे शंका होने लगी, "कोई अभिनेत्री उनके जीवन-वृक्ष को विष से सींच रही है," किन्तु दूसरे क्षण अपने इन विचारों पर उसे घृणा हो आयी। ग्लानि से उसका सिर झुक गया। रामदयाल चाहे किसी के मोह में फँस जाए, परन्तु उर्मिला के लिये ऐसा सोचना भी पाप है। तो फिर वह अपने पति से इस अन्यमनस्कता का कारण ही क्यों न पूछ ले? क्या उसे इस बात का अधिकार नहीं? वह सहधर्मिणी नहीं क्या? अर्धांगिनी नहीं क्या? यह सोच कर वह उठी। उसके शरीर में स्फूर्ति का संचार हो आया। वह जायेगी, अपने पति से इस क्रोध का कारण पूछ कर रहेगी और उस समय तक न छोड़ेगी, जब तक वे उसे सब कुछ न बता दें, या अपनी भुजाओं में भींच कर यह न कह दें, "मैं तो हँसी कर रहा था!"

उसके मुख पर दृढ़-संकल्प के चिह्न प्रस्फुटित हो गये। वह उठी और धीरे-धीरे रामदयाल के कमरे में दाखिल हुई। वह लेटा हुआ था। उसके

चेहरे पर एक गम्भीर मुस्कराहट खेल रही थी : अव्यक्त वेदना की अथवा गुप्त-उल्लास की, कौन जाने?

उर्मिला के आते ही वह उठ बैठा। उसने कड़क कर कहा, 'मेरे कमरे से निकल जाओ, जाकर सो रहो, मुझे तंग मत करो।'

'क्या अपराध?'

'मैं कहता हूँ, चली जाओ!'

उर्मिला खड़ी-की-खड़ी रह गयी। जैसे किसी जादूगरनी ने उसके सिर पर जादू की छड़ी फेर दी हो। वह स्फूर्ति और संकल्प, जो कुछ देर पहले उसके मन में पैदा हुए थे, सब हवा हो गये। इच्छा होने पर भी वह दोबारा न पूछ सकी। उदासी का कारण पूछना, उस अकारण क्रोध का गिला करना, अपने कसूर की माफी माँगना, सब कुछ भूल गयी। कल्पनाओं के भव्य प्रासाद पल भर में धराशायी हो गये।

वह चुपचाप वापस चली आयी और सारी रात गीले बिस्तर पर सोये हुए मनुष्य की भाँति करवटें बदलती रही। नींद न जाने कहाँ उड़ गयी थी?

समय के पंख लगा कर दिन उड़ते गये। रामदयाल अब घर में बहुत कम आता था। उर्मिला को सेवा के लिए दो दासियों में एक और की वृद्धि हो गयी थी। वह उनसे तँग आ गयी थी। वह सेवा की भूखी न थी, मुहब्बत की भूखी थी और मुहब्बत के फूल से उसकी जीवन-वाटिका सर्वथा शून्य थी। बरसात के बादल आकाश पर घिरे हुए थे। ठण्डी हवा साकी की चाल चल रही थी। बाहर किसी जगह पपीहा रह-रह कूक उठता था। वायु का एक झोंका अन्दर आया। उर्मिला के हृदय में उल्लास के बदले अवसाद की एक लहर दौड़ गयी। हृदय की गहराइयों से एक लम्बी साँस निकल गयी। उसने सितार उठाया और विरह का एक गीत गाने लगी। उसकी आवाज में दर्द था, गम था और जलन थी। वायु-मण्डल उसके गीत से झंकृत होकर रह गया। अपने गीत की तन्मयता में वह बाह्य संसार को भूल गयी। रात की नीरवता में उसका गीत वायु के कण-कण

में बस गया।

सहसा सामने के भवन से, जैसे किसी ने सितार की आवाज के उत्तर में गाना आरम्भ किया :

"पिया बिन चैन कहाँ मन को," राग क्या था, किसी ने उर्मिला का दिल चीर कर सामने रख दिया था। वह अपना गाना भूल गयी और तन्मय हो कर सुनने लगी। क्या आवाज थी, कैसा जादू था? रूह खिंची चली जाती थी। एक महीने से वहाँ कोई सितार बजाया करता था, किन्तु उर्मिला ने कभी उस ओर ध्यान न दिया था। आज न जाने क्यों, उसका हृदय अनायास ही गीत की ओर आकर्षित हुआ जा रहा था। इच्छा हुई खिड़की में जाकर बैठ जाए, परन्तु फिर झिझक गयी, उसी तरह जैसे नया चोर चोरी करने से पहले हिचकिचाता है।

वह खिड़की से झाँकने के लिए उठी। उसे अपने पति का ध्यान हो आया, वह फिर बैठ गयी। उसने सितार को उठाया, फिर रख दिया कि गाने वाला यह न समझ ले कि उसके गीत का उत्तर दिया जा रहा है। उठ कर उसने एक पुस्तक ले ली और पढ़ना आरम्भ कर दिया, परन्तु पढ़ने में उसका जी न लगा। उसे हर पंक्ति में यही अक्षर लिखे हुए दिखाई दिए : "पिया बिन चैन कहाँ मन को. . ." उठ कर उसने पुस्तक को फेंक दिया और आराम-कुर्सी पर लेट गयी। गाने वाला अब भी गा रहा था और गीत उसकी एक-एक नस में बसा जा रहा था। विवश होकर वह उठी। उस ने सितार को उठाया, तारों में झनकार पैदा हुई, तारों पर उंगलियाँ थिरकने लगीं और वह धीरे-धीरे गाने लगी। शनैः-शनैः उसका स्वर ऊँचा होता गया, यहाँ तक कि वह बेसुध हो कर पूरी आवाज से गा उठी :

पिया बिन चैन कहाँ मन को
मेरे मन को चैन कहाँ

गीत समाप्त हो गया, वायु-मण्डल के कण-कण पर छाया हुआ जादू टूट गया। वह जल्दी से उठ कर खिड़की में चली गयी। उसने देखा, युवक सितार पर हाथ रखे उस का गाना सुन रहा है।

3

उसके शरीर में सनसनी दौड़ गयी, विजय की सनसनी! उस समय वह रामदयाल, उसकी मुहब्बत, उसकी जुदाई, सब कुछ भूल गयी। उसके हृदय में, उसके मस्तिष्क में केवल एक ही विचार बस गया : उसने दूसरे रागी को मात कर दिया है!

इसके बाद प्रतिदिन दोनों ओर से गीत उठते और वायु-मण्डल में बिखर जाते। दो दुखी आत्माएँ संगीत द्वारा एक-दूसरे से सहानुभूति प्रकट करतीं, दिल के दर्द गीतों की जबान से एक-दूसरे को सुनाए जाते।

एक महीना और बीत गया। कम्पनी एक नयी फिल्म तैयार कर रही थी और इन दिनों रामदयाल को रात में भी वहीं काम करना पड़ता था। कई रातें वह कम्पनी के स्टूडियो में ही बिता देता। इतने दिनों में वह केवल एक बार घर आया था। उर्मिला का दिल धड़क उठा था। पहली धड़कन और इस धड़कन में कितना अंतर था। पहले वह इस डर से काँप उठती थी कि रामदयाल कहीं उससे रूष्ट न हो जाये, अब वह इस भय से मरी जाती थी कि कहीं उस के दिल की बात न जान ले, कहीं वह रात भर रह कर उनके प्रेम-संगीत में बाधा न डाल दे।

अक्तूबर का अन्तिम सप्ताह था। रामदयाल घर आया। उर्मिला उसके मुख की ओर देख भी न सकी, उसके सामने भी न हो सकी। रामदयाल ने उसे बुलाया भी नहीं। वह दासी से केवल इतना कह कर चला गया, 'मैं अभी और एक महीने तक घर न आ सकूँगा। चित्रपट के कुछ दृश्य खराब हो गये हैं, उन्हें फिर दुबारा लिया जायेगा।' जब वह चला गया तो उर्मिला ने सुख की एक साँस ली, उसके हृदय से एक बोझ-सा उतर गया। वह कोई ऐसा हमदर्द चाहती थी, जिस के सामने वह अपना प्रेमभरा दिल खोल कर रख दे। रामदयाल वह नहीं था, उस तक उसकी पहुँच न थी। पानी ऊँचाई की ओर नहीं जाता, निचाई की ओर ही बहता है। रामदयाल ऊँची जगह खड़ा था और गाने वाला नीची जगह। उर्मिला का हृदय अनायास उसकी ओर बह चला।

उस दिन उर्मिला ने एक मीठा गीत गाया, जिसमें उदासीनता के स्थान पर उल्लास हिलोरें ले रहा था। अब वह कमरे में बैठ कर गाने के बदले बाहर बरामदें में बैठ कर गाया करती थी। दोनों की तानें एक-दूसरे की तानों में मिल कर रह जाती। उनके हृदय कब के मिल चुके थे।

सन्ध्या का समय था। उर्मिला वाटिका में घूम रही थी। उसकी आँखें रह-रह कर सामने वाले भवन की ओर उठ जाती थीं। उस समय वह चाहती थी, कहीं वह युवक उसकी वाटिका में आ जाए और वह उसके सामने दिल के समस्त उद्‌गार खोल कर रख दे।

वह अकेला ही था, यह उसे ज्ञात हो चुका था, किन्तु कभी उसने दिन के समय उसे वहाँ नहीं देखा था। अंधेरा बढ़ चला था और डूबते हुए सूरज की लाली धीरे-धीरे उसमें विलीन हो रही थी ठण्डी बयार चल रही थी, प्रकृति झूम रही थी और उर्मिला के दिल को कुछ हुआ जाता था, कुछ गुदगुदी-सी उठ रही थी। वह एक बेंच पर बैठ गयी और गुनगुनाने लगी।

धीरे-धीरे यह गुनगुनाहट गीत बन गयी और वह पूरी आवाज से गाने लगी। अपने गीत की धून में मस्त वह गाती गयी। वाटिका की फसील के दूसरी ओर से किसी ने धीरे से कन्धे को छुआ। उसके स्वर में कम्पन पैदा हो गया और वह सिहर उठी।

'आप तो खूब गाती है!'

बैठे-बैठे उर्मिला ने देखा वह एक सुन्दर बलिष्ठ युवक था। छोटी-छोटी मूँछें ऊपर को उठी हुई थीं। बाल लम्बे थे और बंगाली फैशन से कटे हुए थे। गले में सिल्क का एक कुर्ता था और कमर में धोती।

उर्मिला ने कनखियों से युवक को देखा। दिल ने कहा, भाग चल, पर पाँव वहीं जम गये। पंछी जाल के पास था, दाना सामने था, अब फँसा कि अब फँसा।

'आप के गले में जादू है!'

उर्मिला ने युवक की ओर देखा और मुस्कुराई। वह भी मुस्करा दिया। बोली, 'यह तो आपकी कृपा है, नहीं मैं तो आपके चरणों में बैठ कर मुफ्त तक सीख सकती हूँ!'

'वह हँसा।'

'आप अकेले रहते हैं?'

'हाँ।'

'और आपकी पत्नी?'

वह एक फीकी हँसी हँसा, 'मेरी पत्नी, मेरी पत्नी कहाँ हैं? इस संसार में मैं सर्वथा एकाकी हूँ, मुहब्बत से ठुकराया हुआ, यहाँ आ गया हूँ, कोई मुझे पूछने वाला नहीं, कोई मुझसे बात करने वाला नहीं।'

युवक के स्वर में कम्पन था। उर्मिला ने देखा, उसका मुख पीला पड़ गया है और अवसाद तथा निराशा की एक हल्की-सी रेखा वहाँ साफ दिखाई देती है। उसके हृदय में सहानुभूति का समुद्र उमड़ पड़ा और उसकी आँखें डबडबा आईं।

वह दीवार फाँद कर बेंच पर आ बैठा। उर्मिला अभी तक बैठी ही थी, उठी न थी। वह तनिक खिसक गयी, किन्तु उठने का साहस अब उसमें नहीं था।

युवक ने उसका हाथ अपने हाथ में ले लिया। उर्मिला के शरीर में सनसनी दौड़ गयी। उसने हाथ छुड़ाना चाहा। युवक की आँखें सजल हो गयीं। उसका हाथ वहीं-का-वहीं रह गया। वह फिर बोला :

'मेरा विचार था, मैं यहाँ आ कर, एकान्त में गा कर अपना दिल बहला लिया करूँगा। मेरे पास धन और वैभव का अभाव नहीं, परन्तु उससे मुझे चैन नहीं मिलता, हृदय को शान्ति प्राप्त नहीं होती। इसीलिए मैं सितार बजाता था! उसकी मनमोहक झंकार मेरे चंचल मन को एकाग्र कर देती थी, उसमें मुझे अपार शान्ति मिलती थी, परन्तु अब तो सितार भी बेबस हो गया है, वह भी मुझे शान्त नहीं कर सकता, मेरी शान्ति का आधार अब मेरे सितार बजाने पर नहीं रहा।'

उर्मिला सब कुछ समझ रही थी। उसने फिर हाथ छुड़ाने का प्रयास किया। युवक ने उसे नहीं छोड़ा और विद्युत वेग से उसे अपने प्यासे होंठों से लगा लिया। उर्मिला के समस्त शरीर में आग-सी दौड़ गयी। उसने हाथ छुड़ा लिया और भाग गयी।

'फिर कब दर्शन होंगे?'

उर्मिला ने कुछ उत्तर नहीं दिया। वह अपने कमरे में आ गयी और पलंग पर लेट कर रोने लगी। पक्षी जाल में फँस चुका था और अब मुक्त होने के लिए छटपटा रहा था।

कितनी देर तक वह लेटे-लेटे रोती रही। उसे रह-रहकर अपने पति की निष्ठुरता का ध्यान आता था। आत्मग्लानि से उसका हृदय जला जा रहा था। वह इस मार्ग को छोड़ देना चाहती थी। पश्चाताप की आग उसे जलाए डालती थी। वह चाहती थी, उसका पति आ जाये, उसके पास बैठे, उससे प्रेम करे और वह उसके चरणों में बैठ कर इतना रोये, इतना रोये कि उसका पाषाण-हृदय पानी पानी हो जाये।

उठ कर वह रामदयाल के पुस्तकालय में गयी। एक छोटी-सी मेज पर एक कोने में उसके पति का एक फोटो चौखटे में जड़ा रखा था। उस ने उसे उठाया, कई बार चूमा और उसकी आँखों से आँसू बह निकले।

रामदयाल के पैरों की चाप से उसके विचारों का क्रम टूट गया। वह उठी और सच्चे हृदय से उसका स्वागत करने को तैयार हो गयी। उस समय उसका मन साफ था। विशुद्ध-प्रेम का एक सागर वहाँ उमड़ा आ रहा था, जिसके पानी को पश्चाताप की आग ने स्वच्छ और निर्मल कर दिया था।

वह रसोई-घर से पानी ले आयी और रामदयाल के सामने जा खड़ी हुई। उसकी आँखें सजल थीं और मन आशा के तार से बंधा डोल रहा था। उसने देखा, रामदयाल ने उसके हाथ से गिलास ले कर मुँह धो लिया और फिर उसे कुछ नाश्ता लाने को कहा और जब वह मिठाई ले आयी तो रामदयाल ने तश्तरी लेने के बदले उसे अपनी भुजाओं में लेकर उसके

मुँह में मिठाई का एक टुकड़ा रख दिया। निमिष भर के लिए उसके मुख पर स्वर्गीय-आनन्द की ज्योति चमक उठी। उसने सिर उठाया, देखा रामदयाल उसी तरह बैठा है। और वह उसी तरह गिलास लिये खड़ी है। आशा का तार टूट गया, मादक कल्पना हवा हो गयी। सत्य सामने था कितना कटु, कितना भयानक?

रामदयाल ने इशारे से उसे चले जाने को कहा। वह चुपचाप पुतली की भाँति चली आयी मानो वह सजीव नारी न होकर अपने आविष्कारक के संकेत पर चलने वाली एक निर्जीव मूर्ति हो। अपने कमरे में आकर उसने पानी का गिलास अँगीठी पर रख दिया और धरती पर लेट कर रोने लगी। धरती में, मूक और ठण्डी धरती में उसे कुछ आत्मीयता का आभास हुआ, एक बहनापा-सा महसूस हुआ और वह उसके अंक में लिपट कर रोयी। खूब रोयी। ऐसे मानो एक दुखी बहन अपनी सुखी बहन के गले लिपट कर आँसू बहा रही हो।

कई दिन तक वह अपने कमरे के बाहर न निकली। रामदयाल दासी से कह गया था, 'मैं और पन्द्रह दिन घर न आ सकूँगा, इसलिए तुम सावधानी से रहना।' उर्मिला को अपने पति की निर्दयता पर रोना आता था। वह पाप की नदी में बहे जा रही थी और उसका पति उसे बचाने को हाथ तक न हिलाता था। भ्रान्ति की विकराल लहरें लपलपाती हुई उस की ओर बढ़ी आ रही थीं और उसका पति निश्चेष्ट और निष्क्रिय एक ओर खड़ा तमाशा देख रहा था।

साथ के भवन से बराबर गीत उठते थे। उनमें उल्लास की तानें न होती थीं, दुख और वेदना का बाहुल्य रहता था। उर्मिला की संगीत-प्रिय आत्मा तड़प उठती थी, परन्तु वह अपने कमरे के बाहर न निकलती थी।

शाम का वक्त था। गाने वाला प्रलय के गीत गा रहा था। उसका एक-एक स्वर उर्मिला के हृदय में चुभा जा रहा था। वह उठी, ड्राइंग-रूम में आ गयी। उसका सितार असहाय भिखारी की भांति एक ओर पड़ा था। उस पर मिट्टी की एक हल्की-सी तह जम गयी थी। उसने उसे कपड़े से

साफ किया और आवेश में आकर चूम लिया। उसकी आँखों से आँसू छलक आये। गाने वाला गा रहा था।

क्यों रूठ गये हमसे

उर्मिला ने एक दीर्घ-निःश्वास छोड़ा और उस की कम्पित ऊँगलियाँ सितार के तारों पर थिरकने लगीं। बेखयाली में यही गीत उस के सितार से निकलने लगा :

क्यों रूठ गये हमसे

वह गाता हुआ अपने भवन से उतरा और फसील को फाँद कर उर्मिला के पास आ बैठा। वह सितार बजाती रही और वह गाता रहा।

दोनों अपनी कला के शिखर पर जा पहुँचे। उसने शायद इससे पहले इतना अच्छा न गाया हो और इसने शायद इससे पहले इतना अच्छा सितार न बजाया हो। गीत की लय और सितार की झनकार दोनों एक होकर मानों रूठे हुए दिलों को प्रेम का मार्ग बता रही थीं।

गीत समाप्त हो गया। उर्मिला युवक की भुजाओं में थीं। अपने विशाल वक्षस्थल से भींचते हुए युवक ने उसे चूम लिया। उर्मिला चौंकी, युवक पीछे हटा। वह उठ कर भागने को हुई। युवक ने उसे बैठा लिया और अपनी लम्बी मूँछें उतार दीं और सिर के लम्बे-लम्बे बाल दूर कर दिये।

गोधूलि का समय था। सन्ध्या के क्षीण प्रकाश में उर्मिला ने देखा वह अपने पति के सामने बैठी है। वह हँस रहा था, परन्तु उर्मिला के मुख पर मौत की नीरव स्याही पुत गयी।

'देखा हमारा बहुरूप उम्मी!' रामदयाल ने विजय की खुशी में उसे अपनी ओर खींचते हुए कहा। कौन जानता है कि वह *नवयुग* में छपे लेख की परीक्षा न कर रहा था!

'अभी आयी!' और उर्मिला ऊपर अपने कमरे में भाग गयी।

कुछ समय बीत गया। रामदयाल अपने विचारों में निमग्न रहा।

उस के विचारों का क्रम उर्मिला के कमरे से आने वाली एक चीख

से टूट गया। भाग कर ऊपर पहुँचा। देखा उर्मिला के कपड़ों को आग लगी हुई है और वह शान्त भाव से जल रही है।

रामदयाल काँप उठा। उसने उसे बचाने का भरसक प्रयत्न किया, पर वह सफल न हुआ।

श्मशान में उर्मिला का शव जल रहा था। और मूर्तिवत् बैठा रामदयाल अपनी मूर्खता और नारी-हृदय की इस पहेली को समझने का प्रयास कर रहा था।

डाची

काट 'पी सिकंदर' के मुसलमान जाट बाकर को अपने माल की ओर लालचभरी निगाहों से तकते देख कर चौधरी नंदू वृक्ष की छाँह में बैठे-बैठे अपनी ऊँची घरघराती आवाज में ललकार उठा, 'रे-रे अठे के करे है?' और उसकी छह फुट लंबी सुगठित देह, जो वृक्ष के तने के साथ आराम कर रही थी, तन गई और बटन टूटे होने के कारण, मोटी खादी के कुर्ते से उसका विशाल वक्षस्थल और उसकी बलिष्ठ भुजाएँ दृष्टिगोचर हो उठीं।

बाकर तनिक समीप आ गया। गर्द से भरी हुई छोटी-नुकीली दाढ़ी और शरअई मूँछों के ऊपर गढ़ों में धँसी हुई दो आँखों में निमिष मात्र के लिए चमक पैदा हुई और जरा मुस्करा कर उसने कहा, 'डाची (साँड़नी) देख रहा था चौधरी, कैसी खूबसूरत और जवान है, देख कर आँखों की भूख मिटती है।'

अपने माल की प्रशंसा सुन कर चौधरी नंदू का तनाव कुछ कम हुआ, प्रसन्न होकर बोला, 'किसी साँड़ (कौन-सी डाची)?'

'वह, परली तरफ से चौथी।' बाकर ने संकेत करते हुए कहा।

ओकाँह (एक वृक्ष-विशेष) के एक घने पेड़ की छाया में आठ-दस ऊँट बँधे थे, उन्हीं में एक जवान साँड़नी अपनी लंबी, सुंदर और सुड़ौल गर्दन बढ़ाए घने पत्तों में मुँह मार रही थी माल मंडी में, दूर जहाँ तक नजर जाती थी, बड़े-बड़े ऊँचे ऊँटों, सुंदर साँड़नियों, काली-मोटी बेड़ौल भैंसों, सुंदर नगौरी सींगोंवाले बैलों और गायों के सिवा कुछ न दिखाई देता था। गधे भी थे, पर न होने के बराबर अधिकांश तो ऊँट ही थे। बहावल नगर के मरुस्थल में होनेवाली माल मंडी में उनका आधिक्य था भी स्वाभाविक।

ऊँट रेगिस्तान का जानवर है। इस रेतीले इलाके में आमदरफ्त, खेती-बाड़ी और बारबरदारी का काम उसी से होता है। पुराने समय में गायें दस-दस और बैल पंद्रह-पंद्रह रुपए में मिल जाते थे, तब भी अच्छा ऊँट पचास से कम में हाथ न आता था और अब भी जब इस इलाके में नहर आ गई है, पानी की इतनी किल्लत नहीं रही, ऊँट का महत्व कम नहीं हुआ, बल्कि बढ़ा ही है। सवारी के ऊँट दो-दो सौ से तीन-तीन सौ तक में पाए जाते हैं और बाही तथा बारबरदारी के भी अस्सी सौ से कम में हाथ नहीं आते।

तनिक और आगे बढ़ कर बाकर ने कहा, 'सच कहता हूँ चौधरी, इस जैसी सुंदरी साँड़नी मुझे सारी मंडी में दिखाई नहीं दी।'

हर्ष से नंदू का सीना दुगुना हो गया बोला, 'आ एक ही के, इह तो सगली फूटरी हैं। हूँ तो इन्हें चारा फलूँसी निरिया करूँ (यह एक ही क्या, यह तो सब ही सुंदर है, मैं इन्हें चारा और फलूँसी यानी ज्वार और मोठ, देता हूँ।'

धीरे से बाकर ने पूछा, 'बेचोगे इसे?'

नंदू ने कहा, 'इठई बेचने लई तो लाया हूँ।'

'तो फिर बताओ, कितने की दोगे?'

नंदू ने नख से शिख तक बाकर पर एक दृष्टि डाली और हँसते हुए बोला, 'तन्ने चाही जै का तेरे धनी बेई मोल लेसी (तुझे चाहिए, या तू अपने मालिक के लिए मोल ले रहा है?)?'

'मुझे चाहिए।' बाकर ने दृढ़ता से कहा।

नंदू ने उपेक्षा से सिर हिलाया। इस मजदूर की यह बिसात कि ऐसी सुंदर साँड़नी मोल ले। बोला, 'तूँ की लेसी?'

बाकर की जेब में पड़े डेढ़ सौ के नोट जैसे बाहर उछल पड़ने के लिए व्यग्र हो उठे। तनिक जोश के साथ उसने कहा, 'तुम्हें इससे क्या, कोई ले, तुम्हें तो अपनी कीमत से गरज है, तुम मोल बताओ?'

नंदू ने उसके जीर्ण-शीर्ण कपड़ों, घुटनों से उठे हुए तहमद और जैसे नूह के वक्त से भी पुराने जूते को देखते हुए टालने के विचार से कहा,

'जा-जा, तू इशी-विशी ले आई, इगो मोल तो आठ बीसी सूँ घाट के नहीं (जा, जा, तू कोई ऐसी-वैसी साँड़नी खरीद ले, इसका मूल्य तो 160 से कम नहीं)।'

एक निमिष के लिए बाकर के थके हुए, व्यथित चेहरे पर आह्लाद की रेखा झलक उठी उसे डर था कि चौधरी कहीं ऐसा मोल न बता दे, जो उसकी बिसात से ही बाहर हो, पर जब अपनी जबान से ही उसने 160 जो बताए, तो उसकी खुशी का ठिकाना न रहा। 150 तो उसके पास थे ही। यदि इतने पर भी चौधरी न माना, तो दस रुपए वह उधार कर लेगा। भाव-ताव तो उसे करना आता न था। झट से उसने डेढ़ सौ के नोट निकाले और नंदू के आगे फेंक दिए। बोला, 'गिन लो, इनसे अधिक मेरे पास नहीं, अब आगे तुम्हारी मर्जी।'

नंदू ने अन्यमनस्कता से नोट गिनने आरंभ कर दिए। पर गिनती खत्म करते ही उसकी आँखें चमक उठीं। उसने तो बाकर को टालने के लिए ही मूल्य 160 बता दिया था, नहीं तो मंडी में अच्छी से अच्छी डाची डेढ़ सौ में मिल जाती। और इसके तो 140 पाने की भी कल्पना उसने स्वप्न में न की थी। पर शीघ्र ही मन के भावों को छिपा कर और जैसे बाकर पर अहसान का बोझ लादते हुए नंदू बोला, 'साँड़ तो मेरी दो सौ की है, पण जा सग्गी मोल मिया तन्ने दस छाँड़िया (साँड़नी तो मेरी 200 की है, पर जा, सारी कीमत में से तुम्हें दस रुपए छोड़ दिए)।' और यह कहते-कहते उठ कर उसने साँड़नी की रस्सी बाकर के हाथ में दे दी।

क्षण भर के लिए उस कठोर व्यक्ति का जी भर आया। यह साँड़नी उसके यहाँ ही पैदा हुई और पली थी। आज पाल-पोस कर उसे दूसरे के हाथ में सौंपते हुए उसके मन की कुछ ऐसी दशा हुई, जो लड़की को ससुराल भेजते समय पिता की होती है। जरा काँपती आवाज में, स्वर को तनिक नर्म करते हुए, उसने कहा, 'आ साँड़ सोरी रहेड़ी तू इन्हें रेहड़ में गेर दई (यह साँड़नी अच्छी तरह रखी गई है, तू इसे यों ही मिट्टी में न रोल लेना)।' ऐसे ही, जैसे ससुर दामाद से कह रहा हो, 'मेरी लड़की लाड़ों पली

है, देखना इसे कष्ट न देना।'

आह्लाद के पंख पर उड़ते हुए बाकर ने कहा, 'तुम जरा भी चिंता न करो, जान दे कर पालूँगा।'

नंदू ने नोट अंटी में सँभालते हुए, जैसे सूखे हुए गले को जरा तर करने के लिए, घड़े से मिट्टी का प्याला भरा। मंडी में चारों ओर धूल उड़ रही थी। शहरों की माल-मंडियों में भी जहाँ बीसियों अस्थायी नल लग जाते हैं और सारा-सारा दिन छिड़काव होता रहता है, धूल की कमी नहीं होती, फिर रेगिस्तान की मंडी पर तो धूल ही का साम्राज्य था। गन्नेवाले की गड़ेरियों पर, हलवाई के हलवे और जलेबियों पर और खोमचेवाले के दही-बड़े पर, सब जगह धूल का पूर्णाधिकार था। घड़े का पानी टाँचियों द्वारा नहर से लाया गया था, पर यहाँ आते-आते वह कीचड़ जैसा गँदला हो जाता था। नंदू का ख्याल था कि निथरने पर पिएगा, पर गला कुछ सूख रहा था। एक ही घूँट में प्याले को खत्म करके नंदू ने बाकर से भी पानी पीने के लिए कहा। बाकर आया था, तो उसे गजब की प्यास लगी हुई थी, पर अब उसे पानी पीने की फुर्सत कहाँ? वह रात होने से पहले-पहले गाँव पहुँचना चाहता था। डाची की रस्सी पकड़े हुए धूल को चीरता हुआ-सा चल पड़ा।

बाकर के दिल में बड़ी देर से एक सुंदर और युवा डाची खरीदने की लालसा थी। जाति से वह कमीन था। उसके पूर्वज कुम्हारों का काम करते थे, किंतु उसके पिता ने अपना पैतृक काम छोड़ कर मजदूरी करना ही शुरू कर दिया था। उसके बाद बाकर भी इसी से अपना और छोटे-से कुटुंब का पेट पालता आ रहा था। वह काम अधिक करता हो, यह बात न थी। काम से उसने सदैव जी चुराया था। चुराता भी क्यों न, जब उसकी पत्नी उससे दुगुना काम करके उसके भार को बँटाने और उसे आराम पहुँचाने के लिए मौजूद थी। कुटुंब बड़ा न था : वह एक, एक उसकी पत्नी और एक नन्हीं-सी बच्ची। फिर किसलिए वह जी हलकान करता! पर क्रूर और "बेपीर" विधाता - उसने उसे उस विस्मृति से, सुख की उस नींद से जगा

कर अपना उत्तरदायित्व समझने पर बाध्य कर दिया। उसे बता दिया कि जीवन में सुख ही नहीं, आराम ही नहीं, दुख भी है, परिश्रम भी है।

पाँच वर्ष हुए उसकी वही आराम देनेवाली प्यारी पत्नी सुंदर गुड़िया-सी लड़की को छोड़ कर परलोक सिधार गई थी। मरते समय, अपनी सारी करुणा को अपनी फीकी और श्रीहीन आँखों में बटोर कर उसने बाकर से कहा था, 'मेरी रजिया अब तुम्हारे हवाले है, इसे कष्ट न होने देना!' इसी एक वाक्य ने बाकर के समस्त जीवन के रुख को पलट दिया था। उसकी मृत्यु के बाद ही वह अपनी विधवा बहिन को उसके गाँव से ले आया था और अपने आलस्य तथा प्रमाद को छोड़ कर अपनी मृत पत्नी की अंतिम अभिलाषा को पूरा करने में संलग्न हो गया था।

वह दिन-रात काम करता था बल्कि अपनी मृत पत्नी की उस धरोहर को, अपनी उस नन्हीं-सी गुड़िया को, भाँति-भाँति की चीजें लाकर प्रसन्न रख सके। जब भी कभी वह मंडी को आता, तो नन्हीं-सी रजिया उसकी टाँगों से लिपट जाती और अपनी बड़ी-बड़ी आँखें उसके गर्द से अटे हुए चेहरे पर जमा कर पूछती, 'अब्बा, मेरे लिए क्या लाए हो?' तो वह उसे अपनी गोद में ले लेता और कभी मिठाई और कभी खिलौनों से उसकी झोली भर देता। तब रजिया उसकी गोद से उतर जाती और अपनी सहेलियों को अपने खिलौने या मिठाई दिखाने के लिए भाग जाती। यही गुड़िया जब आठ वर्ष की हुई, तो एक दिन मचल कर अपने अब्बा से कहने लगी, 'अब्बा, हम तो डाची लेंगे, अब्बा, हमें डाची ले दो।' भोली-भाली निरीह बालिका! उसे क्या मालूम कि वह एक विपन्न साधनहीन मजदूर की बेटी है, जिसके लिए डाची खरीदना तो दूर रहा, डाची की कल्पना भी पाप है। रूखी हँसी हँस कर बाकर ने उसे अपनी गोद में लिया और बोला, 'रज्जो, तू तो खुद डाची है।' पर रजिया न मानी। उस दिन मशीरमाल अपनी साँड़नी पर चढ़ कर अपनी छोटी लड़की को अपने आगे बैठाए दो-चार मजदूर लेने के लिए अपनी इसी काट में

आए थे। तभी रजिया के नन्हें-से मन में डाची पर सवार होने की प्रबल आकांक्षा पैदा हो उठी थी, और उसी दिन से बाकर की रही-सही अकर्मण्यता भी दूर हो गई थी।

उसने रजिया को टाल तो दिया था, पर मन ही मन उसने प्रतिज्ञा कर ली थी कि वह अवश्य रजिया के लिए एक सुंदर-सी डाची मोल लेगा। उसी इलाके में जहाँ उसकी आय की औसत साल भर में तीन आने रोजाना भी न होती थी, अब आठ-दस आने हो गई। दूर-दूर के गाँवों में अब वह मजदूरी करता। कटाई के दिनों में दिन-रात काम करता, फसल काटता, दाने निकालता, खलिहानों में अनाज भरता, नीरा डाल कर भूसे के कुप बनाता। बीजाई के दिनों में हल चलाता, क्यारियाँ बनाता, बिजाई करता। उन दिनों उसे पाँच आने से लेकर आठ आने रोजाना तक मजदूरी मिल जाती। जब कोई काम न होता तो प्रातः उठ कर, आठ कोस की मंजिल मार कर मंडी जा पहुँचता और आठ-दस आने की मजदूरी करके ही घर लौटता। उन दिनों से वह रोज छह आने बचाता आ रहा था। इस नियम में उसने किसी तरह की ढील न होने दी थी। उसे जैसे उन्माद-सा हो गया था। बहिन कहती, 'बाकर, अब तो तुम बिलकुल ही बदल गए हो। पहले तो तुमने कभी ऐसा जी तोड़ मेहनत न की थी।'

बाकर हँसता और कहता, 'तुम चाहती हो, मैं आयु भर निठल्ला रहूँ?'

बहन कहती, 'निकम्मा बैठने को तो मैं नहीं कहती, पर सेहत गँवा कर रुपया जमा करने की सलाह भी नहीं दे सकती।'

ऐसे अवसर पर सदैव बाकर के सामने उसकी मृत पत्नी का चित्र खिंच जाता, उसकी अंतिम अभिलाषा उसके कानों में गूँज जाती। वह आँगन में खेलती हुई रजिया पर एक स्नेहभरी दृष्टि डालता और विषाद से मुस्करा कर फिर अपने काम में लग जाता था। और आज डेढ़ वर्ष के कड़े परिश्रम के बाद वह अपनी चिर-संचित अभिलाषा पूरी कर सका था। उसके एक हाथ में साँड़नी की रस्सी थी और नहर के किनारे-किनारे वह

चला जा रहा था।

साँझ की बेला थी। पश्चिम की ओर डूबते सूरज की किरणें धरती को सोने का अंतिम दान कर रही थीं। वायु में ठंडक आ गई थी, और कहीं दूर खेतों में टटिहरी टीहूँ-टीहूँ करती उड़ रही थी। बाकर के मन में अतीत की सब बातें एक-एक करके आ रही थीं। इधर-उधर, कभी-कभी कोई किसान अपने उँट पर सवार जैसे फुदकता हुआ निकल जाता था और कभी-कभी खेतों से वापस आने वाले किसानों के लड़के बैलगाड़ी में रखे हुए घास पट्ठे के गट्ठों पर बैठे, बैलों को पुचकारते, किसी गीत का एक आध बंद गाते, या बैलगाड़ी के पीछे बँधे हुए चुपचाप चले आनेवाले ऊँटों को थूथनियों से खेलते चले जाते थे।

बाकर ने, जैसे स्वप्न से जागते हुए, पश्चिम की ओर अस्त होते हुए अंशुमाली की ओर देखा, फिर सामने की ओर शून्य में नजर दौड़ाई। उसका गाँव अभी बड़ी दूर था। पीछे की ओर हर्ष से देख कर और मौन रूप से चली आनेवाली साँड़नी को प्यार से पुचकार कर वह और भी तेजी से चलने लगा, ''कहीं उसके पहुँचने से पहले रजिया सो न जाय,'' इसी विचार से।

मशीरमाल की काट नजर आने लगी। यहाँ से उसका गाँव समीप ही था। यही कोई दो कोस। बाकर की चाल धीमी हो गई और इसके साथ ही कल्पना की देवी अपनी रंग-बिरंगी तूलिका से उसके मस्तिष्क के चित्रपट पर तरह-तरह की तस्वीरें बनाने लगी। बाकर ने देखा, उसके घर पहुँचते ही नन्हीं रजिया आह्लाद से नाच कर उसकी टाँगों से लिपट गई है और फिर डाची को देख कर उसकी बड़ी-बड़ी आँखें आश्चर्य और उल्लास से भर गई हैं। फिर उसने देखा, वह रजिया को आगे बैठाए सरकारी खाले (नहर) के किनारे-किनारे डाची पर भागा जा रहा है। शाम का वक्त है, ठंडी-ठंडी हवा चल रही है और कभी-कभी कोई पहाड़ी कौवा अपने बड़े-बड़े पंख फैला और अपनी मोटी आवाज से दो-एक बार काँव-काँव करके ऊपर से उड़ता चला जाता है। रजिया की खुशी का वारापार नहीं।

वह जैसे हवाई-जहाज में उड़ी जा रही है, फिर उसके सामने आया कि वह रजिया को लिए बहावलनगर की मंडी में खड़ा है। नन्हीं रजिया मानो भौचक्की-सी है। हैरान और आश्चर्यान्वित-सी चारों ओर अनाज के इन बड़े-बड़े ढेरों, अनगिनत छकड़ों और हैरान कर देनेवाली चीजों को देख रही है। बाकर साह्लाद उसे सबकी कैफियत दे रहा है। एक दुकान पर ग्रामोफोन बजने लगता है। बाकर रजिया को वहाँ ले जाता है। लकड़ी के इस डिब्बे से किस तरह गाना निकल रहा है, कौन इसमें छिपा गा रहा है : यह सब बातें रजिया की समझ में नहीं आतीं, और यह सब जानने के लिए उसके मन में जो कुतूहल और जिज्ञासा है, वह उसकी आँखों से टपकी पड़ती है।

वह अपनी कल्पना में मस्त काट के पास से गुजरा जा रहा था कि सहसा कुछ विचार आ जाने से रुका और काट में दाखिल हुआ।

मशीरमाल की काट भी कोई बड़ा गाँव न था। इधर के सब गाँव ऐसे ही हैं। ज्यादा हुए तो तीस छप्पर हो गए। कड़ियों की छत का या पक्की ईंटों का मकान इस इलाके में अभी नहीं। खुद बाकर की काट में पंद्रह घर थे, घर क्या झुग्गियाँ थी! सिरकियों के खेमे - जिन्हें झोपड़ियों का नाम भी न दिया जा सकता था। मशीरमाल की काट भी ऐसे ही बीस-पच्चीस झुग्गियों की बस्ती थी, केवल मशीरमाल का निवास-स्थान कच्ची ईंटों से बना था, पर छत उस पर भी छप्पर की ही थी। बाकर नानक बढ़ई की झुग्गी के सामने रुका। मंडी जाने से पहले वह यहाँ डाची का गदरा (पलान) बनाने के लिए दे गया था। उसे ख्याल आया कि यदि रजिया ने साँड़नी पर चढ़ने की जिद की, तो वह उसे कैसे टाल सकेगा, इसी विचार से वह पीछे मुड़ आया था। उसने नानक को दो-एक आवाज़ें दीं। अंदर से शायद उसकी पत्नी ने उत्तर दिया, 'घर में नहीं हैं, मंडी गए हैं।'

बाकर का दिल बैठ गया। वह क्या करे, यह न सोच सका। नानक यदि मंडी गया है, तो गदरा क्या खाक बना कर गया होगा! फिर उसने सोचा, शायद बना कर रख गया हो। इससे उसे कुछ सांत्वना मिली। उसने

फिर पूछा, 'मैं साँड़नी का पलान बनाने के लिए दे गया था, वह बना या नहीं।'

जवाब मिला, 'हमें मालूम नहीं।'

बाकर का आधा उल्लास जाता रहा। बिना गदरे के वह डाची को क्या ले कर जाए। नानक होता तो उसका गदरा चाहे न बना सकता, कोई दूसरा ही उससे माँग कर ले जाता। यह विचार आते ही उसने सोचा, "चलो मशीरमाल से माँग लें। उनके तो इतने ऊँट रहते हैं, कोई न कोई पुराना पलान होगा ही। अभी उसी से काम चला लेंगे। तब तक नानक नया गदरा तैयार कर देगा।" यह सोच कर वह मशीरमाल के घर की ओर चल पड़ा।

अपनी मुलाजमात के दिनों में मशीरमाल साहब ने पर्याप्त धनोपार्जन किया था। जब इधर नहर निकली, तो उन्होंने अपने पद और प्रभाव के बल पर रियासत में कौड़ियों के मोल कई मुरब्बे जमीन ले ली थी। अब नौकरी से अवकाश ग्रहण कर यहीं रह रहे थे। राहक (मुजारा) रखे हुए थे, आय खूब थी और मजे से जीवन व्यतीत हो रहा था। अपनी चौपाल में एक तख्तपोश पर बैठे वे हुक्का पी रहे थे : सिर पर श्वेत साफा, गले में श्वेत कमीज, उस पर श्वेत जाकेट और कमर में दूध जैसे रंग का तहमद। गर्द से अटे हुए बाकर को साँड़नी की रस्सी पकड़े आते देख कर उन्होंने पूछा, 'कहो बाकर, किधर से आ रहे हो?'

बाकर ने झुक कर सलाम करते हुए कहा, 'मंडी से आ रहा हूँ, मालिक।'

'यह डाची किसकी है?'

'मेरी ही है मालिक, अभी मंडी से ला रहा हूँ।'

'कितने की लाए हो?'

बाकर ने चाहा, कह दे आठ बीसी की लाया हूँ। उसके ख्याल में ऐसी सुंदर डाची 200 में भी सस्ती थी, पर मन न माना, बोला, 'हुजूर माँगता तो 160 था, पर साढ़े सात बीसी ही में ले आया हूँ।'

मशीरमाल ने एक नजर डाची पर डाली। वे स्वयं अर्से से एक सुंदर-सी डाची अपनी सवारी के लिए लेना चाहते थे। उसके डाची तो थी, पर पिछले वर्ष उसे सीमक (ऊँटों की एक बीमारी) हो गया था और यद्यपि नील इत्यादि देने से उसका रोग तो दूर हो गया था पर उसकी चाल में वह मस्ती, वह लचक न रही थी। यह डाची उनकी नजरों में जँच गई। क्या सुंदर और सुड़ौल अंग है, क्या सफेदी मायल भूरा-भूरा रंग है, क्या लचलचाती लंबी गर्दन है! बोले, 'चलो हमसे आठ बीसी ले लो, हमें एक डाची की जरूरत है, दस तुम्हारी मेहनत के रहे।'

बाकर ने फीकी हँसी के साथ कहा, 'हुजूर, अभी तो मेरा चाव भी पूरा नहीं हुआ।'

मशीरमाल उठ कर डाची की गर्दन पर हाथ फेरने लगे, "वाह, क्या असील जानवर है।" प्रकट बोले, 'चलो, पाँच और ले लेना।'

और उन्होंने आवाज दी, 'नूरे, अरे ओ नूरे!'

नौकर भैंसों के लिए पट्ठे कतर रहा था, गँड़ासा हाथ ही में लिए भाग आया। मशीरमाल ने कहा, 'यह डाची ले जा कर बाँध दो! 165 में, कहो कैसी है?'

नूरे ने हतबुद्धि-से खड़े बाकर के हाथ से रस्सी ले ली और नख से शिख तक एक नजर डाची पर डाल कर बोला, 'खूब जानवर है', और यह कह कर नौहरे (भूसा आदि रखने का स्थान) की ओर चल पड़ा।

तब मशीरमाल ने अंटी से 60 रुपए के नोट निकाल कर बाकर के हाथ में देते हुए मुस्करा कर कहा, 'अभी एक राहक देकर गया है, शायद तुम्हारी ही किस्मत के थे। अभी यह रखो बाकी भी एक-दो महीने तक पहुँचा दूँगा। हो सकता है, तुम्हारी किस्मत से पहले ही आ जाएँ।' और बिना कोई जवाब सुने वे नौहरे की ओर चल पड़े। नूरा फिर चारा कतरने लगा था। दूर ही से आवाज देकर उन्होंने कहा, 'भैंसे का चारा रहने दे, पहले डाची के लिए गवारे का नीरा कर डाल, भूखी मालूम होती है!'

और पास जा कर साँड़नी की गर्दन सहलाने लगे।

कृष्णपक्ष का चाँद अभी उदय नहीं हुआ था। विजन में चारों ओर कुहासा छा रहा था। सिर पर दो-एक तारे निकल आए थे और दूर बबूल और ओकाँह के वृक्ष बड़े-बड़े काले सियाह धब्बे बना रहे थे। फोग की एक झाड़ी की ओट में अपनी काट के बाहर बाकर बैठा उस क्षीण प्रकाश को देख रहा था, जो सरकंडों से छिन-छिन कर उसके आँगन से आ रहा था। जानता था रजिया जागती होगी, उसकी प्रतीक्षा कर रही होगी। वह इस इंतजार में था कि दिया बुझ जाय, रजिया सो जाय तो वह चुपचाप अपने घर में दाखिल हो।

काट = दस-बीस सिरकियों के खैमों का छोटा-सा गाँव!

रे-रे अठे के करे है? = अरे, तू यहाँ क्या कर रहा है?

पिंजरा

शान्ति ने ऊबकर कागज के टुकड़े कर दिए और उठकर अनमनी से कमरे में घूमने लगी। उसका मन स्वस्थ नहीं था, लिखते-लिखते उसका मन बँट जाता था। केवल चार पंक्तियाँ वह लिखना चाहती थी, पर वह जो लिखना चाहती उससे लिखा न जाता था। भावावेश में कुछ का कुछ लिख जाती थी।

घूमते-घूमते वह चुपचाप खिड़की में जा खड़ी हुई। संध्या का सूर्य दूर पश्चिम में डूब रहा था। माली ने क्यारियों में पानी छोड़ दिया था और दिनभर के मुरझाए फूल जैसे जीवन-दान पाकर खिल उठे थे। हल्की-हल्की ठंडी हवा चलने लगी। शान्ति ने दूर सूर्य की ओर निगाह दौड़ाई : पीली पीली सुनहरी किरणें, जैसे डूबने से पहले, उन छोटे-छोटे बच्चों के खेल में जीभर हिस्सा लेना चाहती थी, जो सामने के मैदान की हरी-भरी घास पर ऊँच-नीच से बेपरवाह उन्मुक्त खेल रहे थे। सड़क पर दो कमीन युवतियाँ हँसती चुहले करती, उछलती कूदती चली जा रही थीं। शान्ति ने एक दीर्घ निश्वास छोड़ा और फिर मुड़कर उसने अपने इर्द-गिर्द एक थकी हुई निगाह दौड़ाई, छत पर बड़ा पंखा धीमी आवाज़ से चल रहा था। दरवाजों के भारी पर्दे हिल रहे थे और भारी कौच और उन पर रखे रेशमी गद्दे, गलीचे और दरम्यान में रखे हुए छोटे-छोटे अठकोने मेज और उन पर पीतल के नन्हें-नन्हें हाथी और फूलदान और उसने अपने आपको उस पक्षी सा महसूस किया, जो विशाल स्वच्छंद आकाश के नीचे, खुली स्वतंत्र हवा में आम की डाली से बंधे हुए पिंजरे में लटक रहा हो।

तभी नौकर उसके छोटे लड़के को जैसे बरबस खींचता सा लाया।

धोबी की लड़की के साथ वह खेल रहा था। आव देखा न ताव और शान्ति ने लड़के को पीट दिया, 'क्यों तू उन कमीनों के साथ खेलता है, क्यों खेलता है तू! इतने बड़े बाप का बेटा होकर!' और उसकी आवाज चीख की हद को पहुँच गई थी। हैरान से खड़े नौकर ने जबर्दस्ती से बच्चे को छुड़ा लिया। शान्ति जाकर धम्म से कौच में धँस गई और उसकी आँखों से अनायास ही आँसू निकले।

तब वहीं बैठे-बैठे उसकी आँखों के सामने अतीत के कई चित्र फिर गए।

उसके पति तब लांडरी में काम करते थे। बाइबल सोसायटी के सामने जहाँ आज एक दन्दानसाज बड़े धड़ल्ले से लोगों के दाँत उखाड़ने में निमग्न रहते हैं, उनकी लांडरी थी। आय अच्छी थी, पर खर्च भी कम न था। 35 रुपया तो दुकान का किराया ही देना पड़ता था और फिर कपड़े धोने और स्त्री करने के लिए जो तबेला ले रखा था, उसका किराया अलग था। इसके अतिरिक्त धोबियों को वेतन, कोयले, मसाला और सौ दूसरे पचड़े। इस सब खर्च की व्यवस्था के बाद जो थोड़ा बहुत बचता था, उससे बड़ी कठिनाई के साथ घर का खर्च चलता था और घर उन्होंने दुकान के पीछे ही महीलाल स्ट्रीट में ले रखा था।

महीलाल स्ट्रीट जैसी अब है, वैसी ही तब भी थी। मकानों का रूप, यद्यपि दस वर्षों में कुछ बदल गया है, किन्तु मकानों में कुछ अंतर नहीं आया है। अब भी इस इलाके में कमीन बसते हैं और तब भी वही बसते थे। सीलनभरी अंधेरी कोठड़ियाँ चमारों, धीवरों और शुद्ध हिन्दुओं का निवास स्थान थी। एक ही कोठड़ी में रसोई, बैठक, शयनगृह और वह भी ऐसा, जिसमें सास-श्वसुर, बेटा-बहू, लड़कियाँ-लड़के, सब एक साथ सोते हों।

जिस मकान में शान्ति रहती थी, उसके नीचे टेड़ी चमार अपने आठ लड़के-लड़कियों के साथ रहता था, दूसरी चौड़ी गली में मारवाड़ी की

दूकान थी और जिधर दरवाज़ा था उधर भंगी रहते थे। इनके दरवाज़े से जरा ही परे भंगियों ने तंदूर लगा रखा था, जिसका धुआँ सुबह-शाम उनकी रसोई में आ जाया करता था, जिससे शान्ति को प्रायः रसोई की खिड़की बंद करनी पड़ती थी। दिन-रात वहाँ चारपाइयाँ बिछी रहती थी और कपड़ा बचाकर निकलना प्रायः असम्भव होता था।

गर्मियों के दिन थे और म्यूनिसिपैलिटी का नल काफी दूर अनारकली के पास था, इसलिए इन गरीब लोगों की सहूलियत के ख्याल से शान्ति ने अपने पति की सिफारिश पर नीचे देवढ़ी के नलों से उन्हें पानी देने की इजाजत दे दी थी। किन्तु जब उन्हें इस मकान में आए कुछ दिन बीते तो शान्ति को मालूम हो गया कि यह उदार चरिता बड़ी मँहगी पड़ेगी। एक दिन जब उसके पति नहाने के बाद साबुन की डिबिया नीचे ही भूल आए और शान्ति उसे उठाने गई तो उसने उसे नदारद पाया, फिर कुछ दिन बाद तौलिया गायब हो गया, और इसी तरह दूसरे-तीसरे दिन कुछ न कुछ चीज़ गुम होने लगी। हारकर एक दिन शान्ति ने अपने पति के पीछे पड़कर नल्के की टूटी पर लकड़ी का छोटा सा बक्स लगवा दिया और चाबी उसकी अपने पास रख ली।

दूसरे दिन जब एक ही धोती से शरीर ढाँपे वह पसीने से निचुड़ती हुई, चूल्हे के आगे बैठी रोटी की व्यवस्था कर रही थी, तो उसने अपने सामने एक काली सी लड़की को खड़े पाया।

लड़की उसकी समवयस्क ही थी। रंग उसका बेहद काला था और शरीर पर उसने अत्यंत मैली कुचैली धोती और बंडी पहन रखी थी। वह अपने गहरे काले बालों में सरसों ही का तेल डालती होगी, क्योंकि उसके मस्तक पर बालों के नीचे पसीने के कारण तेल में मिली हुई मैल की एक रेखा बन रही थी। चौड़ा सा मुँह और चपटी सी नाक। शान्ति के हृदय में क्रोध और घृणा का तूफान उमड़ आया। आज तक घर की जमादारन के अतिरिक्त नीचे रहने वाली किसी कमीन लड़की को ऊपर आने का साहस न हुआ था और न स्वयं ही उसने किसी से बातचीत करने की

कोशिश की थी।

लड़की मुस्करा रही थी और आँखों में विचित्र सी चमक थी।

''क्या बात है'', जैसे आँखों ही आँखों में शान्ति ने पूछा था।

तनिक मुस्कराते हुए लड़की ने प्रार्थना की कि बीबी जी पानी लेना है।

'हमारा नल्का भंगी चमारों के लिए नहीं है।'

'हम न भंगी हैं न चमार।'

'फिर कौन हो?'

'मैं बीबी जी सामने के मंदिर के पुजारी की लड़की. . .'

लेकिन शान्ति ने आगे न सुना था। उसे लड़की से बातें करते हुए घिन आती थी। धोती के छोर से चाबी खोलते हुए उसने फेंक दी थी।

इस काले कलूटे शरीर में दिल काला न था। और शीघ्र ही शान्ति को इस बात का पता चल गया। रोज ही पानी लेने के वक्त चाबी लेने के लिए गोमती आती। गली में पूर्वियों का जो मंदिर था, गरीब पूर्वियों का, जिनमें प्रायः सब चौकीदार, चपरासी, साईस अथवा मजदूर थे। पुजारी का कुटुम्ब भी खुली गली के एक ओर भंगियों की चारपाइयों के सामने सोता था। और जब रात को कोई ताँगा उधर से गुजरता तो प्रायः किसी न किसी की चारपाई उसके साथ घिसटती हुई चली जाती। मंदिर में कुआँ तो था, पर जबसे इधर नल्के आए उस पर डोल और रस्सी की कमी ही रही और फिर जब समीप ही किसी की डेवढ़ी के नल्के से पानी मिल जाए तो कुएँ पर बाजू तोड़ने की क्या जरूरत है, इसलिए गोमती पानी लेने के बहाने बातें करने रोज ही सुबह-शाम आ जाती। बटलोई नल्के के नीचे रख कर, जिसमें सदैव पान के कुछ पत्ते तैरा करते, वह ऊपर चली आती और फिर बातों-बातों में भूल जाती कि वह पानी लेने आई है और उस समय तक उठती जब तक उसकी बुढ़िया दादी गली में अपनी चारपाई पर बैठी हुई चीख-चीख गालियाँ देती हुई उसे न पुकारती।

इसका यह मतलब नहीं कि इस बीच में शान्ति और गोमती में मित्रता हो गई थी। हाँ इतना अवश्य हुआ कि शान्ति जब रसोई में खाना बनाती अथवा अन्दर कमरे में बैठी कपड़े सीती, तो उसको गोमती का सीढ़ियों में बैठकर बातें करते रहना बुरा नहीं लगता। कई तरह की बातें होती, मुहल्ले के भंगियों की बातें, चमारों के घरेलू झगड़ों की बातें और फिर कुछ गोमती की निजी बातें। इस बीच में शान्ति को मालूम हो गया कि गोमती का विवाह हुए वर्षों बीत चुके हैं, पर उसने अपने पति की सूरत नहीं देखी है। बेकार है, इसलिए वह उसे न लेने आता है और न उसके पिता उसे उसके साथ भेजते हैं।

कई बार छेड़ने की गर्ज से या कई बार मात्र आनंद लेने की गर्ज से ही शान्ति उससे उसके पति के संबंध में और उसके अपने मनोभावों के संबंध में प्रश्न पूछती। उत्तर देते समय गोमती शर्मा जाती थी।

किन्तु इतना सब होते हुए भी उसकी जगह वहीं सीढ़ियों में बनी रही थी।

फिर किस प्रकार पुजारी की वह काली कलूटी लड़की वहाँ से उठकर, उसके समीप आ गई कि शान्ति ने एक बार अनायास ही आलिंगन में लेकर कह दिया, 'आज से तुम मेरी बहिन हो गोमती।' वह सब आज भी शान्ति को स्मरण है।

सर्दियों की रात थी और अनारकली में सब ओर धुआँ-धुआँ हो रहा था। ऐसा प्रतीत होता था जैसे लाहौर के समस्त तंदूरों, होटलों, घरों और कारखानों से सारे दिन उठने वाले धुएँ ने साँझ पड़े इकट्ठे होकर अनारकली पर आक्रमण कर दिया हो। शान्ति अपने नन्हें को कंधे से लगाए, हाथों में कुछ हल्के-फुल्के लिफाफे थामे क्रय-विक्रय करके आ रही थी। वह कई दिन के अनुरोध के बाद अपने पति को इधर ला सकी थी और उन्होंने जीभर खाया-पिया और खरीद किया था। अनारकली के

मध्य बंगाली रसगुल्लों की जो दूकान है, वहाँ से रसगुल्ले खाने का शान्ति का बड़ा मन होता था, पर उसके पति को कभी इतनी फुर्सत न हुई थी कि वहाँ तक सिर्फ रसगुल्ले खाने के लिए जा सके। अस्पताल रोड के सिरे पर हलवाई के साथ चाट वाले की जो दूकान है, वहाँ से चाट खाने की शान्ति को बड़ी इच्छा थी, पर चाट ऐसी निकम्मी चीज़ खाने के लिए काम छोड़कर जाने का अवकाश शान्ति के पति के पास कहाँ? कई दिनों से वह अपने उम्मी के लिए कुछ गर्म कपड़ों के टुकड़े खरीदना चाहती थी। सर्दी बढ़ रही थी और उसके पास एक भी कोट न था। और फिर गर्मी का कपड़ा न सही, वह चाहती थी कि कुछ ऊन ही मोल ले ली जाए, ताकि नन्हे का स्वेटर बुन दिया जाए। पर उसके पति हूँ, हाँ करके टाल जाते थे, किन्तु उस दिन वह निरंतर महीने के अनुरोध करने के बाद उन्हें अपने साथ अनारकली ले जाने में सफल हुई थी और उस दिन उन्होंने जी भरकर बंगाली रसगुल्ले और चाट वाले की चटपटी चाट खाई थी, बल्कि धापे में मोहन के पकौड़े और मटरों वाले आलुओं का स्वाद भी चक्खा था। फिर उम्मी के लिए कपड़ा भी खरीदा था और ऊन भी मोल ली थी और दो आने दर्जन ब्लेड़ों वाली गुडवोग की डिबिया तथा एक कालगेट साबुन की दो आने वाली टिकिया उसके पति ने भी खरीदी थी। कई दिनों से वे उन्हीं पुराने ब्लेड़ों को सीसे से तेज करके नहाने वाले साबुन ही से हजामत बनाते आ रहे थे और उस दिन शान्ति ने यह सब खरीदने के लिए उन्हें बस विवश कर दिया था। और दोनों जने यह सब खरीदकर खर्च करने के आनंद की अनुभूति से पुलकित चले जा रहे थे।

दिसंबर का महीना था और सूखा जाड़ा पड़ रहा था। शान्ति ने अपने सस्ते पर गर्म शाल को नन्हे के गिर्द और अच्छी तरह लपेटते हुए अचानक कहा, 'निगोड़ा सूखा जाड़ा पड़ रहा है। सुनती हूँ नगर में बीमारी फैल रही है।'

पर उसके पति चुपचाप धुएँ के कारण कड़वी हो जाने वाली अपनी आँखों को रूमाल से मलते चले आ रहे थे।

शान्ति ने फिर कहा, "हमारी अपनी गली में कई लोग बीमार हो गए हैं। परसों टेण्डी चमार का लड़का निमोनिया से मर गया है।

तभी शाल में लिपटा-लिपटा बच्चा हल्के-हल्के दो बार खाँसा और शान्ति ने उसे और भी अच्छी तरह शाल में लपेट लिया।

उसकी बात को सुनी-अनसुनी करके उसके पति ने कहा, "आज बेहद बदपरहेजी की है, पेट में सख़्त गड़बड़ हो रही है।"

घर आकर शान्ति ने जब लड़के को चारपाई पर लिटाया और मस्तक पर हाथ फेरते हुए उसके बालों को पिछली तरफ किया तो वह चौंककर पीछे हटी। उसने डरी हुई निगाहों से अपने पति की ओर देखा। वे सिर को हाथ से दबाए नाली पर बैठे थे।

'उम्मी का माथा तो तवे की तरह तप रहा है' उसने बड़ी कठिनाई से गले को अचानक अवरूद्ध कर देने वाली किसी चीज़ को बरबस रोककर कहा।

लेकिन उसके पति को कै हुई।

शान्ति का कण्ठ अवरूद्ध-सा होने लगा था और उसकी आँखें भर-सी आईं थी, पर अपने पति को कै करते देख बच्चे का ख्याल छोड़ वह उसकी ओर भागी। पानी लाकर उसको कुल्ला कराया। निढाल से होकर वे चारपाई पर गिर गए पर कुछ ही क्षण बाद उन्हें फिर मतली हुई।

शान्ति के हाथ-पाँव फूल गए। घर में वह अकेली। सास-माँ पास नहीं, कोई दूसरा नाता-रिश्ता भी समीप नहीं, और नौकर तो रखने की गुन्जाइश तो कभी निकली ही नहीं। वह कुछ क्षण के लिए घबरा गई। एक उड़ी-उड़ी सी दृष्टि उसने अपने ज्वर से तपते हुए बच्चे और बदहज्मी से निढाल पति पर डाली। अचानक उसे गोमती का ख्याल आया। शान्ति अकेली कभी गली में नहीं उतरी थी, पर सब संकोच छोड़ वह भागी-भागी नीचे गई। अपनी कोठरी से बाहर, गली की ओर मात्र ईंटों के छोटे से पर्दे की ओट से बने हुए, रसोईघर में बैठी गोमती रोटी बेल रही थी और चूल्हे

की आग से उसका काला मुख चमक रहा था। शान्ति ने देखा, उसका बड़ा भाई अभी खाना खाकर उठा है, तब आगे बढ़कर उसने इशारे से गोमती को बुलाया। तवे को नीचे उतार और लकड़ी को बाहर खींचकर गोमती उसी तरह बाहर भागी आई। तब विनीत भाव से संक्षिप्त में शान्ति ने अपने पति और बच्चे की हालत का उल्लेख किया और फिर प्रार्थना की कि वह अपने भाई से कहकर तत्काल किसी डॉक्टर को बुला दे। उनकी लांडरी के साथ ही जिस डॉक्टर की दूकान है, वह सुना है पास ही लाज रोड पर रहता है, यदि वह आ जाए तो बहुत ही अच्छा हो। और फिर साड़ी के छोर से पाँच रुपए का एक नोट खोल शान्ति ने गोमती के हाथ में रख दिया कि फीस चाहे पहले ही क्यों न देनी पड़े, पर डॉक्टर को ले अवश्य आए। और फिर चलते-चलते उसने यह भी प्रार्थना की कि रोटी पकाकर संभव हो तो तुम भी जरा आ जाना, गोमती।

शान्ति का गला भर आया था। गोमती ने कहा था, 'आप घबराइए नहीं, मैं अभी भाई को भेज देती हूँ और मैं भी अभी आई।' और यह कहकर वह भागती सी चली गई थी।

शान्ति वापस मुड़ी, तो सीढ़ियाँ चढ़ते-चढ़ते उसने महसूस किया कि शंका और भय से उसके पाँव कांप रहे हैं और उसका दिल धक-धक कर रहा है।

ऊपर जाकर उसने देखा, उसके पति ऊपर से उतर रहे हैं। हाथ में उनके खाली लोटा है, चेहरा पहले से भी पीला हो गया है और माथे पर पसीना छूट गया है।

शान्ति के उड़े हुए चेहरे को देखकर उन्होंने हँसने का प्रयत्न करते हुए कहा, 'घबराओ नहीं, सर्दियों में हैजा नहीं होता।'

शान्ति ने रोते हुए कहा, 'आप ऊपर क्यों गए, वहीं नाली पर बैठ जाते।' किन्तु जब पति ने नाली की ओर और फिर चारपाई पर पड़े हुए बीमार बच्चे की ओर इशारा किया, तो शान्ति चुप हो गई। उसने पहले सहारा देकर पति को बिस्तर पर लिटाया, फिर नाली पर पानी गिराया,

फिर दूसरे कमरे में बिस्तर बिछा, बच्चे को उस पर लिटा आई। तभी गोमती आ गई। खाना तो सब खा चुके थे, अपने हिस्से का आटा उठा, आग बुझा वह भाग आई थी।

शान्ति ने कहा, 'मैं उम्मी को उधर कमरे में लिटा आई हूँ। मुझे डर है उसे सर्दी लग गई है, उसे साँस और भी कठिनाई से आने लगा है और खाँसी भी बढ़ गई है। निचली कोठड़ी में पड़े हुए पुराने लिहाफ से लोगड़ ले लो और अँगीठी में कोयले पर डाल उसकी छाती पर जरा लोगड़ से सेंक कर दो। इनके पेट में गड़बड़ है। मैं इधर इसका कुछ उपचार करती हूँ। कुछ नहीं तो गर्म पानी करके बोतल ही फेरती हूँ।'

गोमती ने कहा, 'इन्हें बीबी जी कोई हाजमे की चीज दो। हमारे घर तुम्मे की अजवाइन है। मैं उसमें से कुछ लेती आई हूँ, जब तक डॉक्टर आए, उसे ही जरा गर्म पानी से इन्हें दे दो।'

बिना किसी तरह की हिचकिचाहट के शान्ति ने मैली-सी पुड़िया में बंधी काली सी अजवाइन ले ली थी और गोमती अँगीठी में कोयले डाल नीचे लोगड़ लेने भाग गई थी।

बाहर शाम बढ़ चली थी। वही कमरे के अंधेरे में बैठे-बैठे शान्ति की आँखों के आगे चिन्ता और फिक्र के वे सब दिन-रात फिर गए। उसके पति को हैजा तो न था, किन्तु गैस्ट्रोऐन्टिराइटिस तीव्र किस्म का था। डॉक्टर के आने से पहले शान्ति ने गोमती के कहने पर उन्हें तुम्मे की अजवाइन दी थी, प्याज भी सुंघाया था और गोमती अँगीठी उठाकर दूसरे कमरे में बच्चे की छाती पर सेंक देने चली गई थी। डॉक्टर के आने पर मालूम हो गया था उसे निमोनिया हो गया है और अत्यंत सावधानी की आवश्यकता है।

शान्ति अपने पति और अपने बच्चे, दोनों की एक वक्त कैसे तीमारदारी करती, उसने विवशता से गोमती की ओर देखा था। पर उसे होंठ हिलाने की जरूरत न पड़ी थी, बच्चे की सेवा-सुश्रूषा का समस्त भार

गोमती ने अपने कंधों पर ले लिया था। शान्ति को मालूम भी न हुआ था कि वह कब घर जाती है, कब घर वालों को खाना खिलाती है या खाती है या खिलाती-खाती भी या नहीं। उसने तो जब देखा उसे छाया की भाँति बच्चे के पास पाया। कई दिन तक एक ही जून खाकर गोमती ने बच्चे की तीमारदारी की थी।

दोपहर का समय था, उसके पति दुकान पर गए हुए थे। उम्मी को भी अब आराम था और वह उसकी गोदी से लगा सोया पड़ा था और उसके पास ही फर्श पर टाट बिछाए, गोमती पुराने ऊन के धागों से स्वेटर बुनना सीख रही थी। इतने दिनों की थकी-हारी उनींदी शान्ति की पलकें धीरे-धीरे बंद हो रही थीं, वह उन्हें खोलती थी, पर वे फिर बंद हो जाती थी। आखिर वह वैसे ही पड़ी-पड़ी सो गई थी। जब वह फिर उठी तो उसने देखा उम्मी रो रहा है और गोमती उसे बड़े प्यार से सुरीली आवाज में थपक-थपक कर लोरी दे रही थी। उसने सुना गोमती धीमे-धीमे स्वर से गा रही थी :

आ री कक्को, जा रही कक्को, जंगल पक्को बेर
भैया हाथे ढेला, चिड़ैया उड़े जा!

और फिर

आ री चिड़ैया! दो पप्पड़ा पकाए जा!
भैया हाथे ढेला, चिडैया उड़े जा!

बच्चा चुप कर गया था। लोरी खत्म करके उसने बच्चे को गले से लगाकर चूम लिया। शान्ति ने अर्ध-निमीलित आँखों से देखा बच्चे के पीले जर्द हड्डियों से मुख पर गोमती का काला स्वस्थ मुख झुका हुआ है। सुख के आँसू उसकी आँखों में उमड़ आए। उसने उठकर गोमती से बच्चे को ले लिया था और जब वह फिर टाट पर बैठने लगी थी तो दूसरे हाथ से शान्ति ने उसका हाथ पकड़ चारपाई पर बिठाते हुए, उसे अपने बाजू से बांध लिया था और कहा था, 'आज से तुम मेरी बहिन हुई गोमती!'

आँखें बंद किए शान्ति इन्हीं स्मृतियों में गुम थी, उसकी आँखों से चुपचाप आँसू बह रहे थे कि अचानक उसके पति अंदर दाखिल हुए। किसी जमाने में लांडरी चलाने वाले और समय पड़ने पर स्वयं अपने हाथ से स्त्री गर्म करके कपड़ों को प्रेस करने में भी हिचकिचाहट न करने वाले लाला दीनदयाल और लाहौर की प्रसिद्ध फर्म दीनदयाल एंड संस के मालिक प्रख्यात शेयर ब्रोकर राय साहिब लाला दीनदयाल में महान अंतर था। इस दस वर्ष के अर्से में उनके बाल यद्यपि पक गए थे, किन्तु शरीर कहीं स्थूल हो गया था। ढीले-ढाले और लांडरी के मालिक होते हुए भी प्रायः मैले कपड़े पहनने की जगह अब उन्होंने अत्यंत बढ़िया किस्म का रेशमी सूट पहन रखा था और पाँवों में श्वेत रेशमी जुराबें तथा काले हल्के सेंडल पहने हुए थे।

शान्ति ने झट रूमाल से आँखें पोंछ ली।

बिजली का बटन दबाते हुए उन्होंने कहा, 'यह अंधेरे में क्या पड़ी हो। उठो बाहर बाग में घूमो फिरो. . .' और फिर बोले, 'इंद्रानी का फोन आया था कि बहिन यदि चाहें तो आज सिनेमा देखा जाए।'

बहिन, दिल ही दिल में विषाद से शान्ति मुस्कराई और उसके सामने एक और काली-कलूटी सी लड़की का चित्र खींच गया, जिसे उसने कभी बहिन कहा था। किन्तु प्रकट उसने सिर्फ इतना कहा, 'मेरी तबियत ठीक नहीं।'

मुँह फुलाए हुए लाला दीनदयाल बाहर चले गए।

बात इतनी ही थी कि आज दोपहर जब वे ब्रिज खेल रहे थे तब नौकर ने आकर खबर दी थी कि महीलाल स्ट्रीट के पुजारी की लड़की गोमती आई है। तब खेल को बीच में ही छोड़कर और भूलकर कि उसके पार्टनर राय साहब लाला बिहारीलाल हैं, वह भाग गई थी और उसने गोमती को अपनी भुजाओं में भींच लिया था और फिर वह उसे अपने कमरे में ले गई थी, तब दोनों बहुत देर तक अपने सुख-दुख की बातें करती रही

थीं। शान्ति ने जाना था कि किस प्रकार गोमती का पति काम करने लगा, उसे ले गया और चार बच्चों की माँ बना दिया और गोमती ने उम्मी का और दूसरे बच्चों का हाल पूछा था। लाला दीनदयाल इस बीच में कई बार बुलाने आए थे, पर वह न गई थी और जब दूसरे दिन आने का वादा लेकर उसने गोमती को विदा किया था तो उसके पति ने कहा था, 'उस उज्जड़ और गँवार औरत को लेकर तुम बैठी रही, तुम्हें मेरी इज्जत का भी ख्याल नहीं। उसे बगल में लिए उन सबके सामने गुजर गई। राय साहब और उनकी पत्नी हँसने लगे और आखिर प्रतीक्षा कर करके चले गए।'

आँखों को फिर एक बार पोंछ कर और तनिक स्वस्थ होकर शान्ति मेज के पास आई और कुर्सी पर बैठ, पैड अपनी ओर खिसका, कलम उठाकर उसने लिखा :

बहिन गोमती,

तुम्हारी बहिन अब बड़ी हो गई है। बड़े आदमी की बीबी है। बड़े आदमियों की बीबियाँ अब उसकी बहने हैं। पिंजरे में पक्षी को कब आज्ञा होती है कि स्वच्छंद स्वतंत्र विहार करने वाले हमजोलियों से मिलें? मैंने तुम्हें कल फिर आने को कहा था, पर अब तुम कल न आना, अपनी इस बंदिनी बहिन को भूलने का प्रयास करना।

तुम्हारी शान्ति

इस बार उसने एक पंक्ति भी नहीं काटी और न कागज फाड़ा। हाँ एक बार फिर लिखते-लिखते आँखें भर आने से जो एक दो आँसुओं की बूंदे पत्र पर अनायास ही गिर पड़ी थी, उन्हें उसने ब्लाटिंग पेपर से सुखा दिया। फिर पत्र को लिफाफे में बंद करके उसने नौकर को आवाज़ दी और उसके हाथ में लिफाफा देकर कहा कि महीलाल स्ट्रीट में पूरबियों के मंदिर के पुजारी की लड़की गोमती को दे आए और फिर समझाते हुए कहा, 'गोमती कुछ ही दिन हुए अपनी ससुराल से आई है।'

पत्र लेकर नौकर चला ही था कि उसने फिर आवाज़ दी और पत्र

उसके हाथ से लेकर फाड़ डाला। फिर धीरे से उसने कहा, 'तुम गोमती को कहना कि बीबी आज अचानक ही मैके जा रही हैं और दो महीने तक वापस न लौटेंगी।' यह कहकर वह फिर खिड़की में जा खड़ी हुई और अस्त हो जानेवाले सूरज के स्थान पर ऊपर की ओर बढ़ते हुए अंधेरे को देखने लगी।

पाषाण

उस समय अपनी मृत पत्नी के सिरहाने खड़े-खड़े कैलास की संगदिली की सभी घटनाएँ एक-एक करके मेरी आँखों के सामने फिर गईं।

सायंकाल का समय था। छाया को बीमार पड़े कोई एक वर्ष बीता होगा। मैं नीचे आँगन में बैठा उसके लिए जोशांदा तैयार कर रहा था कि वह ऊपर से छतरी और कुछ उदास-सी तेजी के साथ मेरे सामने से गुजर कर अपने कमरे में चली गई।

मैंने औषधि वहीं छोड़ दी और भागा-भागा अंदर कमरे में पहुँचा। बिस्तर में मुँह छिपाए वह रो रही थी।

चुपचाप खड़ा मैं कुछ क्षण उसे देखता रहा। मेरा दिल धड़क रहा था और मन में संदेह था कि हो न हो किसी ने इसे अवश्य ही कोई न कोई चुभती बात कह दी है। कुछ ही देर पहले तो वह ऊपर गई थी कि जरा हवा में लेटे। नीचे बहुत गर्मी थी। मैंने ही कहा था, 'यहाँ तो दम घुट रहा है, ऊपर चली जाओ, हवा में आराम करो।' और वह इतनी जल्दी उतर आई थी। आगे बढ़कर मैंने उसके कंधे को छुआ। वह उसी तरह लेटी रही।

मैंने कहा, 'छाया!'

करवट बदलकर उसने मेरी ओर देखा। ज्वर के वेग से उसका चेहरा लाल हो रहा था और आँखें भरी हुई थीं।

'क्या बात है?' मैंने पूछा।

एक निमिष वह मेरी ओर देखती रही और फिर उसने कहा, 'मुझे अस्पताल में दाखिल करा दो।' और आँसू अनायास ही उसकी आँखों से

बहने लगे।

मैं चारपाई पर बैठ गया। उसका सिर अपनी गोद में लेकर मैंने उसकी आँखें पोंछी। पूछा, 'कहो तो सही क्या बात है?'

उसने सिसकते हुए कहा, 'मुझे दिक हो गया है। घर में रहूँगी तो दूसरों की भी जान जाने का डर रहेगा। अस्पताल में दाखिल करा दोगे तो जीवन के जो एक-दो दिन शेष हैं, आराम से कट जाएँगे। फिर तुम्हें भी कुछ देर आराम मिलेगा और घर वालों को भी कष्ट न होगा।'

मेरा गला सूख रहा था। मैंने कहा, 'छाया! तुम मेरे कष्ट का ख्याल न करो। मेरी तो जान लेकर भी तुम्हें कोई निरोग कर दे, तो देने में संकोच न करूँगा। यह तो बताओ, यह कहा किसने कि तुम्हें दिक हो गया है?'

'कहेगा कौन? दिखाई जो देता है, भाग्य में जो-जो सहना बदा है, सहना पड़ेगा, जो-जो सुनना है सुनना पड़ेगा। मैं तो यह सोचती हूँ कि यदि परमात्मा को उठाना ही था तो यों ही उठा लेता। तड़पने और तड़पाने के लिए यह रोग क्यों लगा दिया?'

मेरा गला भर आया। मैंने कहा, 'छाया! मैं मिन्नत करता हूँ, तुम बताओ तो सही, तुमसे यह बात किसने कही?'

'तुम शोर मचाओगे। मैं कहूँ क्या?'

'मैं जरा भी न बोलूँगा। तुम कहो तो सही।'

वह बोली, 'यहाँ दम घुट रहा था। तुमने अनुरोध किया तो ऊपर चली गई। गलती से अपने बिस्तर के बदले कैलास के बिस्तर पर लेट गई। उसने आते ही कहा, "तुम्हें आप तो मरना है, दूसरों को साथ लिए क्यों मरती हो?" और न जाने उसने क्या-क्या कहा। तुम्हीं बताओ, क्या मैंने जान-बूझकर ऐसा किया? मुझसे तो जहाँ तक होता है, स्वयं इस बात का ख्याल रखती हूँ, किसी को छूती तक नहीं, अपने बच्चे तक को गोद में नहीं लेती।'

वह जोर-जोर से रोने लगी थी और मेरी आँखों के सामने अंधेरा छा गया था। वहीं बैठा-बैठा मैं अपनी बेबसी पर विचार करने लगा। जी में

आता था, जाकर कैलास का और अपना सिर फोड़ लूँ, इतना शोर मचाऊँ कि सबके होश ठिकाने आ जाएँ। यह सब माता-पिता की शिक्षा का ही तो परिणाम था, जो मुझे उसके पास जाने से रोकते थे, वे मेरे भाई को क्यों नहीं रोकते। उस समय मुझे माँ की पाठ-पूजा, नेम-धर्म, पाप-पुण्य की सब बातें निकम्मी और निरर्थक प्रतीत हुई और मैंने निश्चय कर लिया कि मैं छाया को लाहौर ले जाऊँगा। जहाँ कैलास जैसे पाषाण बसते हों, वहाँ बीमार को रखना उसे जीते जी मृत्यु के मुँह में झोंकना है।

उस रात मुझे नींद नहीं आई। जिस बात से मैं डरता था, अंत में वही हुई। चाहता था कोई इसका दिल न तोड़े, इसे अपने जीवन से निराश न करे और इस कैलास ने इससे वही बात कह दी, "तुम्हें तो मरना है, हमें भी साथ क्यों लिए मरती हो।" कितने कटु शब्द थे? इनका एक-एक शब्द मेरे हृदय में चुभा जा रहा था। उस समय अपनी बेबसी पर मेरे आँसू आ गए और मैंने चादर के आंचल से उन्हें पोंछ डाला। किन्तु दूसरे ही क्षण दुर्बलता का यह भाव दूर हो गया और दृढ़ता ने उसका स्थान ले लिया। मैंने निश्चय किया, प्रातः छाया को लेकर लाहौर चला जाऊँगा।

और अभी तीन ही बजे होंगे, मैंने माँ को जगाया और कहा, 'मैं लाहौर जा रहा हूँ।'

वे आश्चर्य से मेरी ओर देखने लगीं।

मैंने कहा, 'उठकर थोड़ा बहुत सामान तैयार करा दो।'

उन्होंने मेरे बिखरे हुए बालों और उड़े हुए चेहरे की ओर देखा और कहा, 'पागल हो गए हो जग्गू।'

'हाँ।'

वे चुप हो गईं।

और फिर जल्दी-जल्दी तैयारी करके मैं ताँगा ले आया और जब हम चलने लगे तब मैंने बिस्तर पर सोते हुए बच्चे को उठाया।

माँ रो पड़ी, 'इसे भी क्यों मुझसे छीन रहे हो?'

मैंने बच्चे को वहीं छोड़ दिया। माँ के पाँव छुए और छाया को लेकर

तैयार हो गया। माँ ने चलते समय मेरे हाथ में दस रुपए के दो नोट रख दिए और कहा, 'और आवश्यकता होने पर लिखना।' उन्होंने हमें रूंधे कंठ से आशीष भी दी, किन्तु कैलास जागता हुआ भी नीचे न उतरा। हाँ उसने इतना अवश्य किया कि जब बच्चा जागकर रोने लगा तब उसने वहीं, ऊपर लेटे-लेटे उसे डाँट दिया। अंदर की साँस अंदर और बच्चा सहमकर चुप हो गया। उस समय मेरे दिल की गहराइयों से बरबस एक दीर्घ निःश्वास निकल गया और मैं कुछ उन्माद की सी दशा में सीढ़ियाँ उतर गया।

फिर सात महीने बाद एक रात थी, दुःख की तरह काली, मुसीबत की तरह भयानक। एक बजा होगा। मैंने अपने घर का दरवाजा खटखटाया और कोई आवाज न आने पर एक लंबी साँस लेकर अपने समीप ही कुर्सी पर लेटी हुई दुर्बल और कृशकाय छाया पर नजर डाली। उन दोनों कुलियों को भी देखा जो स्टेशन से उसे उठाकर लाए थे। मुहल्ले के लैंप की धीमी रोशनी में यह सबकुछ स्वप्न सा दिखाई देता था।

मैंने दो बार आवाज दी और कुंडी खटखटाई। मकान की मंडेर पर बैठे हुए जंगली कबूतरों ने डरकर पर फड़फड़ाए। ऊपर से कुछ ध्वनि-सी सुनाई दी, जैसे कोई जाग उठा हो। मैं कुंडी खटखटाने ही लगा था कि उठ गया। इन चंद मिनटों में ये दुःखमय सात महीने अपनी विविध विपत्तियों के साथ मेरी कल्पना के सम्मुख फिर गए, लाहौर में हकीमों और डॉक्टरों के पीछे मारा-मारा फिरना, सब ओर से निराश होकर अस्पताल की शरण लेना, खर्च चलाने के लिए दिन-रात काम करना, एक्स-रे, यक्ष्मा का फतवा, अस्पताल के आशा और निराशा के दिन, कभी आशा का सहारा लेना, कभी निराशा का दामन पकड़ना, गर्मियों का कष्टदायक मौसम, पालमपुर, पहाड़ी पेचिश, वापसी और अब हड्डियों का पिंजर यह पत्नी, वैसी ही काली रात और वही मकान जिसे सात महीने पहले छोड़ दिया था, सबकुछ आँखों के सामने फिर गया।

माँ ने दरवाज़ा खोला, मैंने चरण छुए, उन्होंने आशीष दी, छाया ने भी भरी हुई आवाज में प्रणाम किया, किन्तु उठ न सकी। माँ ने आशीर्वाद दिया, 'शीघ्र ही स्वस्थ हो बेटी और अपने घर प्रसन्न रह।' फिर छाया ऊपर के खुले और हवादार कमरे में पहुँचाई गई। कुलियों को मैंने मजदूरी दी, छाया के आराम का प्रबंध करके बाहर दालान में आया और माँ से संक्षिप्त रूप से अपनी कहानी कही। बच्चे को देखने के लिए मेरी रूह तड़प रही थी। माँ से पूछा, कहने लगी, 'ऊपर कैलास के पास सोता है, अब तो चाचा, ताया सबकुछ कह लेता है, हमारा तो डर मानता ही नहीं, बस उसी से डरता है।'

मैं जल्दी-जल्दी सीढ़ियाँ नापता ऊपर कैलास के कमरे में पहुँचा। वह कदाचित अभी पढ़कर सोया ही था, या शायद मेरी आवाज से जाग उठा था। उसने लैंप जलाया। मेरा अढ़ाई वर्ष का बच्चा अरुण बचपन की मादक मीठी नींद सो रहा था। उसे क्या मालूम उसकी माँ अपनी हसरतों और अरमानों, इच्छाओं और आशाओं के साथ, मौत की गहरी अंधकारमय खोह के मुँह पर पहुँच चुकी है और किसी घड़ी अथाह अंधकार में लोप हो जाएगी। उसे क्या मालूम उसका पिता विपत्तियों के निरंतर हमलों से थक गया है, हार गया है : वह तो सो रहा था कष्टों और दुःखों से बेखबर, शैशव की मीठी, मदभरी नींद।

माँ ने हँसकर कहा, 'हम तुम दस आवाजें दें तो शायद न जागे, और कैलास अगर एक ही आवाज दे तो तत्काल जाग उठे।' और कैलास से बोली, 'कैलास, जरा देना आवाज।'

कैलास ने अपनी शुष्क और भयानक हँसी के साथ, आवाज दी, बच्चे ने सोते-सोते कहा, 'हाँ जी।'

कैलास ने कहा, 'उठ।'

बच्चा उठने लगा।

'लेट जा।'

और बच्चा लेट गया।

'गा।'

और सहमा हुआ वह सोते-सोते तान लगाने लगा।

'उठ और नाच।' कैलास ने जैसी अपनी सफलता पर फूलते हुए गर्व से कहा।

बच्चा डरकर उठने लगा था कि मैंने उसे सीने से चिमटा लिया। इतनी संगदिली! ऐसे जालिम के साथ रहकर बच्चा क्या शोख और चंचल होगा? उस जैसा शुष्क और गंभीर बन जाए तो संदेह नहीं। लेकिन मैं तो बच्चों की चंचलता को प्यार करता हूँ, मुझे तो उनकी शोखी पसंद है। जो बच्चा शोख नहीं वह बच्चा कैसा, वह तो बूढ़ा है। माँ ने कहा, 'बस डरता है तो इसी गुरु से। मेरे मुँह पर तो थप्पड़ लगा देता है, हठी ऐसा है कि क्रोध आ जाए तो जो वस्तु हाथ में आए पटक देता है। किन्तु यदि कहीं कैलास ऊपर से भी कह दे - "अरुण", तो बस वहीं का वहीं खड़ा हो जाता है।' इसके पश्चात माँ हँसी, किन्तु मैं बच्चे को सीने से चिमटाए अपनी चारपाई पर जा लेटा और सोचने लगा, माँ के जीते-जी यह हाल है, उसके मरने के बाद क्या होगा?

फिर वह दृश्य भी मेरी आँखों के सामने घूम गया, जिसका जिक्र अभी-अभी माँ ने किया था, और एक बार मेरा रक्त खौल उठा। सुबह छाया अच्छी-भली थी। आज उसके जीवन का नाटक समाप्त हो जाएगा, कम से कम इस बात की कोई आशंका न थी और मैं एक काम से कपूरथला चला गया था। माँ ने मुझे बताया कि लगभग चार बजे मुहल्ले में फेरी लगाकर कपड़ा बेचने वाला आया और छाया ने उससे कपड़े खरीदे। फिर दर्जी को बुला उसे सीने के लिए दिए। इसके पश्चात अचानक उसकी तबीयत घबरा गई और उसने कहा, 'माँ पानी पिलाओ। मालूम होता है अंतिम घड़ी आ पहुँची है।' माँ ने उसे पानी पिलाया। इसके पश्चात वह अचेत हो गई और उसकी साँस चलने लगी। घर में उस वक्त माँ और कैलास के अतिरिक्त कोई न था और चारपाई या ऊपर की मंजिल

में मर जाना हिन्दुओं में बुरा समझा जाता है। माँ ने कैलास की मिन्नत की, 'किसी तरह मेरी सहायता करके इसे नीचे पहुँचा दो।' किन्तु उसे उठना तो दूर, वह तो बीमार के कमरे के पास भी न फटकता था और माँ ठहरीं पतली-दुबली और दुर्बल। किन्तु चारपाई पर मरने से उसकी आत्मा नरक में जाएगी, इस डर से जिस तरह बन पड़ा उन्होंने उसे उठाया, सीढ़ियाँ तक भी न ले जा सकी, वहीं जमीन पर रख दिया और कैलास को आवाज दी। वह उतरा भी नहीं। अंत में किसी तरह घिसटती-घिसटाती उसे नीचे लाईं और लाकर ठंडे फर्श पर लिटा दिया। मनुष्य और उसका अहंकार! मृत्यु के पश्चात् तेरी जो दुर्गति हो उसकी तो खैर, मौत से पहले भी तेरी यह दुर्दशा हो सकती है।

उस समय छाया को होश आया और किसी अज्ञात शक्ति के बल पर वह जरा-सी उठी। उसने आँखें फाड़कर इधर-उधर देखा। कदाचित् मृत्यु के आगमन से डर गई थी, 'मैं कहाँ हूँ?'

माँ ने कहा, 'तुम्हारी तबीयत घबरा गई थी।'

'मुझे ऊपर ले चलो।'

किन्तु उत्तर सुने बिना वह लेट गई और फिर नहीं उठी।

माँ ऊपर जाकर उसका बिस्तर ले आईं, उन्होंने बिस्तर उसके नीचे बिछाया, सिरहाने दाने रखे और दिया जला दिया।

मृत्यु से पहले मेरी पत्नी की जो दुर्दशा हुई, उसका हाल सुनकर मुझ पर उन्माद सा छा गया। चाहा कि मर जाऊँ या मार दूँ, किन्तु अवसर ही ऐसा था, खून के घूँट भरकर रह गया। बेबसी ने मेरी जबान बंद कर दी। आँखों ने उसके पिचके हुए गालों, बंद आँखों और सटे हुए होंठों को देखा और रो दीं।

सुबह उसका शव आग को सौंप दिया गया। अंतिम बार उसकी सूरत देखी थी। सुंदर चाँद से चेहरे पर स्याही फिर गई थी, भरे हुए गाल पिचक गए थे और आँखें गढ़ों में बंद थी। हाँ, दाँत वही थे, खूबसूरत, श्वेत दाँत, जिनसे होंठ ऐसे चिमट गए थे, जिस तरह शरीर को चोट चिमट

गई थी। इस कलेवर में कितना कोमल और भोला-भाला दिल था। उसे कितनी जल्दी ठेस पहुँच जाती थी। किन्तु अब, अब यह निष्ठुर धरती, ये सूखी लकड़ियाँ और यह आग! संतोष का बांध टूट गया, रुलाई आ गई, खूब जी भरकर रोया। वापस आया, तब सिर भारी था। आकर चुपचाप कमरे में लेट गया। दिनभर शोक करने के निमित्त आने वालों का ताँता बंधा रहा, किन्तु मुझे इन सब बातों से घृणा थी।

भाई के रुखे व्यवहार ने मेरे दुःख को दुगुना कर दिया था।

जब बारहवें दिन क्रियाक्रम से निपटकर लाहौर जाने को तैयार हुआ तो उस समय अचानक कैलास ने आकर कहा, 'भाई साहब, आप अरुण को डॉक्टर को दिखा जाते तो अच्छा था। उसकी तबीयत कुछ ठीक नहीं रहती।' मैंने एक निमिष के लिए अपने बच्चे को देखा, जो कैलास की गोद से चिमटा हुआ था, कमजोर और उदास! मैंने उसे गोद से उठा लिया। इन दिनों मैं उसकी ओर से बेपरवाह सा हो गया था। वास्तव में अपने दुःख में मैं अपने आपको, अपने बच्चे को, सबको भूल गया था। छाया की मृत्यु संभावना से दूर न थी, सामने दिखाई ही देती थी, किन्तु फिर भी, प्यार और मुहब्बत के, एकता और अनन्यता के चार वर्षों के बाद यह विछोह! तबीयत पर उन्माद और उदासी छाई थी। मैंने उस गाड़ी से जाने का विचार छोड़ दिया और बच्चे को डॉक्टर के यहाँ ले गया। कोई विशेष रोग तो था नहीं, हाँ दुर्बलता थी और गले में गिल्टियाँ थीं। डॉक्टर साहब ने उसे ताकत की दवाई दी और गले पर आयोडेक्स लगा दिया। शाम को जब मैं फिर जाने लगा तक तब कैलास ने आकर पूछा, 'भाई साहब डॉक्टर ने क्या आदेश दिया है?'

मैंने कहा, 'यह ताकत की दवा है। एक चम्मच प्रातः-सायँ इसे पिला दिया करना। मैं आयोडेक्स तुम्हें लाहौर से भेज दूँगा और कोई अच्छी सी शक्तिवर्धक औषधि भी।'

और अभी लाहौर आए मुझे कुछ ही दिन हुए थे कि कैलास का पत्र

पहुँचा। लिखा था, "भाई साहब, आयोडेक्स भेज दीजिए।" मेरी तबीयत वहाँ से आने के बाद कुछ ठीक न रही थी, कुछ विचित्र प्रकार का आलस जी पर छाया रहता था। मैं ओषधियाँ न भेज सका। कैलास के दो पत्र और आए, किन्तु मुझे कुछ हरकत रहने लगी थी, फिर उसका एक ओर पत्र आया, जिसमें उसने लिखा था, "ताकत की दवा खत्म हो गई है, इससे कोई विशेष लाभ न हुआ। अच्छा होगा यदि आप कोई दूसरी औषधि भेज दें।" उस दिन मेरी तबीयत ठीक न थी। सुबह से कुछ हरारत भी अधिक थी, तो भी मैं यहाँ डॉक्टर के यहाँ गया। उसके आदेशानुसार मैंने ग्रीमाल्ट सीरप की एक शीशी खरीदी और एक औंस आयोडेक्स लेकर वापस लौटा। सोच रहा था कि किस तरह दोनों चीजें भेजूँ कि इतने में कैलास का तार आया, "अरुण की दशा शोचनीय है। शीघ्र पहुँचो।"

मेरे हाथ-पाँव फूल गए। टाइम-टेबल देखा, गाड़ी छूटने में पंद्रह मिनट थे, भागा-भागा स्टेशन पहुँचा। इधर मैंने पायदान पर पैर रखा, उधर गाड़ी चल दी। आकर सीट पर बैठ गया और फिर लेट गया।

एक यात्री ने पूछा, 'आपकी तबीयत ठीक नहीं है क्या?'

किन्तु मैं बोला नहीं, चुपचाप लेटा रहा। ठीक समय पर गाड़ी लोहिया रुकी। मैं जल्दी-जल्दी टिकट देकर घर को भागा। थोड़ा सा मार्ग था, पर समाप्त होने में ही न आता था। कुछ ज्वर और कुछ चिंता से पाँव काँप रहे थे। घर पहुँचा, देखा, बच्चे को बहुत तेज बुखार है और ज्वर की तीव्रता से उस पर बेहोशी छाई है। मैं भागा-भागा डॉक्टर को लाया। मालूम हुआ, निमोनिया हो गया है, अत्यंत सावधानी की आवश्यकता है। तनिक सी असवाधानी से बच्चे की जान जा सकती है।

मुझे स्वयं उस समय ज्वर था। मैंने बेबसी की आँखों से कैलास की ओर देखा, किन्तु शायद डॉक्टर की बात से उसके दिल को धक्का लगा था। बच्चे से उसे बहुत प्यार हो गया था। दिन-रात वह उसके साथ ही रहता था। मैंने देखा कैलास का रंग पीला पड़ गया है और वह टकटकी बांधे बच्चे की ओर देख रहा है, हसरत भरी आँखों से, उस साहूकार की

भाँति जिसके सामने उसका सबकुछ लुट रहा हो।

मैंने उसके कंधे को छुआ।

वह चौंक पड़ा।

मैंने कहा, 'मुझे कुछ हरारत-सी हो रही है, जाओ डॉक्टर साहब के यहाँ से औषधि ले आओ।' और चुपचाप वह डॉक्टर साहब के साथ चला गया।

इसके बाद जिस परिश्रम और सावधानी से, जिस प्यार और लगन से उसने बच्चे की सेवा की, वैसी न तो मैं और न उसकी स्वर्गीय माँ ही कर सकती। सारी-सारी रात वह उसके सिरहाने बैठा रहा, समय पर दवाई पिलाता रहा, और मैं, मैं चेतनाहीन-सा, शक्तिहीन-सा काम करता था।

एक रात बादल घिर आए, बिजली चमकने लगी और वायु के वेग से मकानों के किवाड़ खड़खड़ा उठे। मेरा दिल बैठ गया। बच्चे की दशा कुछ सुधर रही थी, ख्याल था कि यदि कुछ दिन और ऐसे ही बीत गए तो आराम आ जाएगा, किन्तु कम्बख्त घटाएँ, इनको आज ही उठना था। हमने दरवाजे लगा दिए, कमरे में अंगीठी जला दी। कोई 11 बजे बच्चा तेज, उखड़ी-उखड़ी साँस लेने लगा। मैंने कैलास से कहा, 'किसी तरह डॉक्टर को बुला लाओ। आसार अच्छे नहीं दिखाई देते।'

चुपचाप कैलास चल दिया। खिड़की के सीसे से मैंने देखा कि मूसलाधार मेह बरस रहा था, एक हाथ में टार्च और दूसरे में छाता संभालता, वायु के वेग का, अंधेरे का, वर्षा का मुकाबिला करता हुआ कैलास जा रहा है। शरीर पर केवल एक कमीज और निक्कर। सहसा आशंका से मेरा हृदय धड़क उठा। मैंने जरा-सी खिड़की खोलकर उसे आवाज़ दी, 'कैलास कम्बल लेते जाओ, सर्दी खा जाओगे।' किन्तु उसने शायद नहीं सुना या सुनकर भी वापिस मुड़ना उचित नहीं समझा। उन्मादियों की भाँति वह बढ़ता ही गया। मैंने खिड़की बंद कर दी और दीर्घ निश्वास छोड़कर बच्चे के सिरहाने आ बैठा।

कोई एक घंटे के बाद डॉक्टर आया, अपना निचुड़ता हुआ कोट खूंटी पर टाँगकर, आग ताप कर, डॉक्टर ने स्टेथेस्कोप निकाला, बच्चे का निरीक्षण किया, एक दवा का कुछ अंश चम्मच में डालकर उसके मुँह में उँडेल दिया।

'आज की रात यदि बच गया तो डर नहीं।' यह कहकर डॉक्टर ने कोट पहना, छाता उठाया और चलने को उद्यत होते हुए मेरी ओर देखा। मैंने कोट की जेब में से दस रुपए निकालकर उसकी फीस दी। डॉक्टर चला गया, कैलास भी दवाई लेने उनके साथ गया। सारी रात हम साँस रोके बच्चे की हालत देखते रहे, समय के अनुसार दवाई पिलाते रहे, किन्तु इस तमाम परिश्रम, मेहनत और सावधानी के बावजूद बच्चे को न बचना ही था और न बचा। रात के पिछले पहर मेरा शरीर शिथिल हो रहा था, अंग-अंग दुख रहा था, इसलिए मैं कैलास को उसके सिरहाने छोड़कर वहीं फर्श पर लेट गया।

माँ की चीख से मैं जाग उठा। देखा कि बच्चा फर्श पर मृत पड़ा है और रोशनदानों से सुबह का प्रकाश कमरे में झाँक रहा है, शायद उसे जगाने के लिए आया था। किन्तु उसे क्या खबर कि सोने वाले ने तो मौत से होड़ लगा ली है। वह न जागेगा, न जागेगा, अपनी माँ के पास चला गया है वह।

अभी एक घाव भरा भी न था कि दूसरा लगा। दिन होते-होते घरभर में कोहराम मच गया और मैं तो इतना निराश हुआ कि हिम्मत हार बैठा। पर चाहे कुछ हो, वह जब मर ही गया था, उसे आखिरी मंजिल तक पहुँचाने का भी तो प्रबंध करना ही था। और मैं अपने आपको शिथिल, इतना कमजोर महसूस करता था कि श्मशान तक जाना मुझे दूभर दिखाई देता था। स्त्रियों ने नहला-धुलाकर बच्चे को कफन में लपेट दिया। पंडित ने आवश्यक रस्में अदा की। बैठक में बिरादरी के कुछ लोग भी जमा हो गए। लेकिन शव को उठाकर कौन ले जाए? मैं जब से आया था ज्वर से पीड़ित था, और फिर यह चोट। मैंने कैलास को आवाज़ दी। वह वहाँ न

था। सब कमरों में ढूँढ़ा, न मिला, अंत को गिरता-पड़ता ऊपर गया। उसके कमरे में पहुँचा। अपने बिस्तर पर वह औंधे मुँह लेटा था।

मैंने उसे आवाज़ दी, न बोला, न हिलाया, न हिला। जरा जबर्दस्ती से मैंने उसका मुँह अपनी ओर किया, आँखें लाल थीं और बिस्तर भीग गया था।

मैंने कहा, 'कैलास, हौसला करो।'

और वह जिसे मैं पाषाण कहा करता था, बच्चों की तरह फूट-फूट कर रोने लगा।

मोती

यह सब कैसे हुआ, यह तो मुझे मालूम नहीं, पर ऋषि नगर के नए घर में आने के दो दिन बाद ही अपने पड़ोसी पंडित गोविंदराम और उनके घर वालों से हम सब इस तरह घुल-मिल गए, जैसे युग-युग से हमारा परिचय हो। बच्चे थे कि सारा दिन उनके आँगन में खेलते रहे, स्त्रियाँ थीं कि कामकाज से छुट्टी पाकर उनकी ड्योढ़ी में जा बैठती और मैं भी उधर से निकलता हुआ उन्हें नमस्कार करने, या हाल-चाल पूछने के लिए रुक जाया करता। इसीलिए जब छोटे मोहन की जिद पर मैंने उसे कुत्ते का सुंदर पिल्ला ला दिया, तो उसी समय पिल्ले को गोद में लेकर अपने नए ताया को दिखलाने के लिए वह मचल उठा और मुझे हाथ-मुँह धोने की छुट्टी भी न देकर जैसे अँगुली से पकड़ खींचता हुआ, उनकी बैठक में ले गया।

पंडित गोविंदराम कोई पचपन-छप्पन वर्ष के गंभीर प्रकृति के सहृदय व्यक्ति थे। जमाने के उतार-चढ़ाव उन्होंने बहुत देखे थे और परिस्थितियाँ उनके चेहरे पर अपनी छाप छोड़ गई थीं। बाल खिचड़ी हो गए थे और कनपटी के पास तो बिलकुल श्वेत थे, चेहरे का मांस कुछ लटक गया था। कोट जो वे पहना करते बहुत ढीला और बहुत लम्बा होता और पतलून बहुत तंग। किसी जमाने में यही फैशन था, तब बहुत महँगा कपड़ा लेकर उन्होंने सूट सिलवाए थे, पर फैशन ठहरा अस्थायी चीज। समय आया कि पतलूनें खुलती-खुलती पाजामे बन गई और कोट छोटे होते-होते वास्केट हो गए। पंडित जी की हालत ने भी पलटा खाया। सेना में एकाऊनटेंट थे, पैसा भी अच्छा था। एक रिश्तेदार को कारोबार में शीघ्र धनी होते देखकर आपको शौक चर्राया, तो एक वर्ष की छुट्टी लेकर भाग्य आजमाने

बंबई जा पहुँचे और स्टाक शेयर्स का काम आरंभ कर दिया। पहले बहुत लाभ हुआ, पर फिर घाटा आया और साथ ही जलवायु माफिक न आने से बीमार पड़ गए। विवश हो, क्षति उठा, कारोबार समेट वापस आ गए, पर नौकरी बहुत देर न कर सके। साहब दयालु था, पेंशन ले ली और लाहौर में आकर ऋषिनगर में एक मकान बनवा लिया। जो जमा-जत्था रह गई थी, उससे शीशों का कारोबार आरंभ कर दिया। साठेक रुपये पेंशन आती थी, दूकान से भी कुछ बच जाता था, पर घर का खर्च बढ़ा हुआ था। अकेला आदमी और उस पर इतने लोगों का बोझ, बच्चों के कपड़े ही बन जाएँ तो गनीमत, इसीलिए स्वयं वही पुराने ढीले-ढाले सूट डाले जाते थे।

दिनभर के थके हुए आकर अपनी बैठक में एक आराम कुर्सी पर बैठे चुपचाप छत की ओर देख रहे थे कि मोहन ने चिल्लाकर कहा, 'ताया जी, हम कुत्ता लाए हैं।' और फिर उनके उत्तर की प्रतीक्षा किए बिना उसने मेरी ओर इशारा कर दिया, 'बाबू जी ने लातर दिया है।'

पंडित जी कुर्सी पर आकर बैठ गए और मेरी ओर देखकर बोले, 'आओ भाई, बैठो।'

मोहन ने उसी आह्लाद के स्वर में कहा, 'इतका नाम रखेंगे मोती।'

मैंने देखा, एक निमिष के लिए एक बादल सा पंडित जी के चेहरे पर आया और चला गया। मोहन ने कुत्ते का पिल्ला उनकी गोद में रख दिया। हड़बड़ाकर उसे शीघ्र मोहन को लौटाते हुए और मुझे हाथ खींचकर अपने पास वाली कुर्सी पर बिठाते हुए उन्होंने कहा, 'देखो भई, इस पिल्ले को जहाँ से लाए हो, वहीं दे आओ।' और फिर मोहन को सहमे हुए देखकर बोले, 'जा बेटा, बाहर जाकर खेल'।

एक बार मेरी ओर करुण दृष्टि से देख और पिल्ले को भी जोर से अपनी गोद में चिपटाए मोहन बाहर चला गया। पंडित जी उसके पीछे-पीछे चले गए और उसके जाने पर दरवाजा बंद करके वापस आते हुए बोले, 'हवा बहुत तेज चल रही है।' और यह कहते हुए वे आकर आराम कुर्सी

पर बैठ गए और मेरे बाजू को थपथपाते हुए कहने लगे, 'मोहन को निराशा तो अवश्य हुई होगी, पर खैर, तुम उस पिल्ले को लौटा देना।'

मैंने प्रश्नसूचक दृष्टि से उनकी ओर देखा।

वे बोले, 'वास्तव में हम कुत्ते पाल नहीं सकते और पाल भी लें, तो हमारे घरों का और गली मुहल्ले का वातावरण कुत्ते पालने के हक में अच्छा भी नहीं।'

मैं कुछ कहने ही लगा था, पर जैसे मेरे मन की बात भाँपते हुए उन्होंने कहा, 'अंग्रेजों की बात जाने दो, सभ्य शिक्षित बंगलों में रहने वालों की भी बात जाने दो, पर हम गली-मुहल्ले में रहने वाले, हमारे लिए कुत्ते बिल्लियों का पालना कठिन है। वातावरण ही नहीं और फिर सच पूछो तो हमारा शौक भी उन जैसा नहीं। अपने बच्चों की भाँति हम कुत्तों को कहाँ पाल सकते हैं?'

कुछ क्षण के लिए पंडित जी मौन हो गए। मैं चुप बैठा उनके उद्विग्न चेहरे को देखता रहा। कुछ क्षण बाद बोले, 'मैंने भी अनन्तराम, एक कुत्ता पाला था। मैंने कहाँ पाला था, वास्तव में तब मैं पेशावर में था, तो हमारे एक सहकारी क्लर्क के यहाँ कुतिया ने बच्चे दिए। पिल्ले थे सुंदर। बलराज था तब छोटा, पीछे पड़ गया। लाचार उनसे माँगकर मैं एक पिल्ला ले लाया। था भी बड़ा हृष्ट-पुष्ट। बलराज को तो मानो साथी मिल गया। बस दिन-रात उसी की खातिरदारी हो रही है। कभी दूध पिलाया जा रहा है, कभी सैर कराई जा रही है, कभी गेंद उठा लाना सिखाया जा रहा है। वातावरण भी अच्छा था। उनके और हमारे क्वार्टर साथ-साथ थे। उनके बच्चे अपने-अपने कुत्ते को लेकर बाहर सैर को जाते, तो बलराज मोती को ले जाता। हाँ मोती ही उसका नाम रखा गया था। आपने देखा नहीं, सुंदर कुत्ता था, सुंदर और बलिष्ठ, आँखों की भूख मिटती थी। कुछ दिनों में ही बड़ा हो गया और बिलकुल भेड़िए जैसा मालूम होने लगा, परंतु इसके बावजूद मजाल है, जो किसी को जरा सी तकलीफ दे जाए। जो भी उसे देखता था, खुश हो जाता था।

'एक दिन हम सैर कर रहे थे कि हमारे साहब रास्ते में मिल गए, और हम उनके साथ-साथ चलने लगे। साहब ने कई बार मोती को ऐसी आँखों से देखा, जिनमें प्रशंसा के साथ लालसा भी थी। वे रह न सके। उन्होंने मोती को मुझसे माँग लिया।

'साहब मेरे बड़े मेहरबान थे। मैंने कहा, "साहब इससे अधिक खुशी मुझे किस बात में हो सकती है।" और यह कहते हुए मैंने बलराज के हाथ से मोती की जंजीर साहब को पकड़ानी चाही, पर बलराज मच गया, जमीन पर लेटकर रोने लगा। मैंने झिड़का भी, पर साहब ने हँसकर कहा, "नहीं, बच्चे को मत रूलाओ।" और उन्होंने स्वयं बलराज को उठाकर कुत्ते की जंजीर मेरे हाथ से लेकर उसे पकड़ाते हुए उसकी पीठ को भी थपथपा दिया।'

पंडित जी इतना कह और दीर्घ निस्वास छोड़ कुर्सी पर लेट गए और कुछ क्षण तक छत की ओर ताककर कहने लगे, 'तुम्हें तो मैं बता चुका हूँ, अनन्तराम कि किस तरह मेरे हालात ने पलटा खाया, किस प्रकार मैं बंबई गया, किस प्रकार वहाँ से लौटकर पेंशन लेने को विवश हुआ। यहाँ आकर मैंने यह मकान डाल लिया। लाहौर के किरायों का बोझ कहाँ तक उठाया जाए। जगह तो यहाँ जरा महँगी मिली, पर नगर के तनिक समीप होने से मैंने ले ली, और फिर यह भी ख्याल था कि मोहल्ला बसा हुआ है, बाल-बच्चों को खेलने-फिरने को आराम रहेगा और घर की स्त्रियों को भी कष्ट न होगा। जहाँ तक मेरा संबंध है, मैं तो हर जगह खुशी से रह सकता हूँ, पर स्त्रियों के लिए तो साथ के बिना बड़ी मुश्किल हो जाती है। मैं और लड़का जयराज तो दुकान पर चले जाते हैं, पास-पड़ौस से ही तो समय-कुसमय में सौ सहायता मिल जाती है। इसलिए इसी मुहल्ले में मकान बनवाकर एक तरह से मैंने सुख की साँस ली थी, पर यह न मालूम था कि बसा हुआ मुहल्ला ही एक दिन मेरे लिए मानसिक पीड़ा का कारण बन जाएगा।'

कुछ क्षण तक चुप रहकर पंडित जी फिर कहने लगे, 'यहाँ आकर हम

सब तो खैर सुखी थे, पर मोती बेचारा बड़ा दुखी था। बलराज तो स्कूल जाने लगा था। हम दोनों दुकान को ही चले जाते हैं। रह गई स्त्रियाँ, सो उनसे भला कुत्ते की खबरगीरी कैसे होती, न समय पर खाना मिलता, न समय पर उसे नहलाया जाता और सैर की तो भला क्या पूछते हो। बलराज को अब खेलने के लिए साथी मिल गए थे, पढ़ने के लिए पुस्तकें मिल गई थी, अब उसे न बात करने वाले, न नए-नए खेल खेलने वाले, गूँगे कुत्ते की क्या परवाह थी। गर्मियों में यदि जंजीर से बंधे-बंधे धूप आ जाती, तो उसे कोई छाया में न करता। हारकर मैंने एक छोटा-सा नौकर रख लिया, पर फिर भी बात वही की वही रही। घर की झाड़ू बुहारी और कामकाज में कुत्ते जैसे अनावश्यक जन्तु की देखभाल के लिए उसे कौन समय दे। दिनों ही में सूख गया। मुझे उसकी हालत देखकर बड़ा दुख होता। सोचता यदि उस समय साहब को दे देता, तो कितना अच्छा होता, मजे से गदेलो में आराम करता, मोटरों में घूमता और अच्छे से अच्छा खाना खाता। जब भी कभी मैं उसके पास जाता और वह अपनी दर्दभरी आँखों से मेरी ओर ताक कर दुम हिलाता, तो मेरे हृदय में एक टीस-सी उठती। हारकर एक दिन मैंने उसके गले से जंजीर खोल दी और उसे आज़ाद कर दिया।

'जिस प्रकार चिरकाल का बंदी पक्षी पिंजरे की खिड़की खुल जाने पर भी नहीं उड़ता, उसी प्रकार पहले पहल तो मोती स्वतंत्रता पाकर भी परतंत्र बना रहा। कई दिन तक वह मकान से बाहर न निकला, तो मकान से परे न गया। भूख मिटाने के लिए भी इधर-उधर न भटका, कोई खाने लगता तो दुम हिलाता हुआ वह उसके पास आकर बैठ जाता, पर धीरे धीरे आजादी से वह अभ्यस्त होने लगा। और प्रतिबंधों में जकड़ा हुआ युवक आजादी पाने पर जैसे नहीं सोच सकता कि कौन सा मार्ग उसके लिए उचित है, और कौन सा अनुचित, संगति का बहाव जिधर ले जाता है, उधर ही वह बह जाता है। इसी प्रकार मोती भी मोहल्ले-टोले के कुत्तों

के साथ इधर-उधर फिरने लगा। हलवाइयों की दुकानों के दोने और गंदगी के ढेरों से भी अब उसे इतना परहेज न रहा, पर इसके बावजूद दोपहर और रात के समय वह घर पर ही काटता। मेरी पत्नी उससे तंग आ गई। दिन-रात उसे कहीं बाहर भिजवा देने या गोली मरवा देने का वह शोर मचाने लगी। उसके तंग आने का एक कारण यह भी था कि उन्हीं दिनों उसे खारिश की बीमारी हो गई। दाँतों और नाखूनों से खरोंच-खरोंचकर उसने खून चला दिया। दिन को हम घर में रहते न थे, मोती अपना खारिश वाला शरीर लिए गंदे-गंदे पैरों से आता और कमरे खराब कर जाता। पत्नी की दाँता-किट किट से तंग आकर एक दिन मैंने मोती को पकड़ लिया और उसके घावों को फिनाइल से धो डाला। तब वह ऐसा भागा कि दो दिन उसने शक्ल न दिखाई। मालूम हुआ, जब अधिक रात होने पर घर के लोग सो जाते, तो वह दरवाजे के सामने आकर पड़ा रहता है। मैंने उसे मुक्त किया था कि वह कहीं चला जाएगा, तो मुझे सुख की साँस मिलेगी, पर उसकी दशा देखकर तो और भी दुःख होता। इस बीच एक दिन जब मैं घर आया, तो पत्नी ने रूँआसी सी होकर कहा, 'मुझे इस बैरी से छुटकारा न दिलाओगे?'

'मैंने पूछा, 'क्या बात हो गई?'

'वह बोली, "बात क्या होती। तुम्हारे उसी लाड़ले ने शीला के काट खाया है। सारा दिन वह, उसकी सास और ननदें गालियाँ देती रही हैं। आपको सुननी हो तो सुनें, मैं तो इस कुत्ते के पीछे अपने बच्चों की गालियाँ नहीं सुन सकती। तरसा-तरसाकर तो परमात्मा ने दो बच्चे दिए हैं।"

'मैंने बेजारी से कहा, "तो मैं क्या कर सकता हूँ? ये मोहल्ले के लड़के भी तो कम शैतान नहीं, बैठे-बैठाए को छेड़ देते हैं।"

'पत्नी ने कहा, "बच्चे तो ऐसे ही होते हैं, तो क्या इस मुँहजले कुत्ते के पीछे मोहल्ले के बच्चों को निकाल दोगे?"

'मैंने चीखकर कहा, "तो क्या करूँ, जहर दे दूँ।"

'पत्नी को जैसे मेरी व्यथा को देखना ही नहीं, सहज भाव से बोली,

"आप जहर क्यों दें, किसी भंगी को एक-दो रुपए दे दें, वह जहर दे देगा। कुत्ते की मौत का पाप आप अपने सिर क्यों लें?"

'मैं निर्निमेष उसकी ओर देखता रह गया। घृणा और ग्लानि से मेरा जी भर गया। खाना भी मैं उस दिन न खा सका। जिसे अपने हाथों से पाल पोसकर इतना बड़ा किया, उसे अब जहर दिलाना होगा।'

एक निःश्वास छोड़कर पंडित जी ने कहा, 'इसके बाद यह प्रसंग कई दिन तक नहीं उठा, पर एक दिन अचानक रात को मोहल्ले में शोर मच गया। मोती ने फिर किसी को काट लिया। उसकी न जाने कैसी आदत थी कि रात को जब कोई उसके पास से जाता तो पहले तो वह चुप रहता, पर फिर अचानक ही उस पर झपट पड़ता। मोहल्ले के लड़कों को तो वह पास से गुजरने न देता था। शायद उनकी ईंटें खा-खाकर उसने आत्मरक्षा का निश्चय कर लिया था। अब जब उसने हमारे पड़ौसी के लड़के को काट लिया, तो मेरी शान्ति का भी बांध टूट गया। नित नई लड़ाई कौन करे? कौन गालियाँ सुने? मैंने मोती को पकड़ लिया और जंजीर से बांधकर मोहल्ले के भंगी को सौंप आया। दो रुपए मैंने उसे दिए और कहा कि इसे जहर दे दो।

'भंगी ने मुझे विश्वास दिलाया कि वह उसे गोली दे देगा और कि मैं चिंता न करूँ। चिंता न करने का मैंने फैसला भी कर लिया, सोच लिया कि चलो झगड़ा खत्म हुआ, पर फिर भी न जाने दिल भर-भरकर आता था। खाने बैठा, पर दो कौर भी न निगल सका, और रात को नींद भी मुझे कुछ ठीक न आई।

'तीन-चार दिन गुजर गए। सुबह को आप जानते हैं, जैसी मेरी आदत है आर्यसमाज के ग्राउंड की ओर सैर को निकल जाता हूँ। उस दिन भी चुपचाप मैं अपने ख्याल में आ रहा था कि सड़क की ओर पड़े हुए एक ढेर से एक मरियल सा हड्डियों का ढाँचा सा कुत्ता मेरे पीछे चलने लगा। एक-दो बार मैंने दुत्कारा, पर गया वह नहीं। फिर मैंने पीछे मुड़कर उसे

भगाने के लिए जो छड़ी उठाई, तो ठिठक कर रह गया। यह तो मोती था! उसकी दशा देखकर मेरी आँखों में आँसू आ गए। चुपचाप मैं फिर चलने लगा। रास्ते में भंगी का घर आता था। मैंने उसे बुलाया, डाँटा, मालूम हुआ कि विष देने के बदले उसने उसे एक खूँटे से बांधकर लाठी से खूब पीटा था और मारकर ढेर पर छोड़ आया था। उस वक्त यदि मेरे हाथ में पिस्तौल होती और आदमी का मारना अपराध न होता, तो मैं जालिम को अवश्य गोली मार देता। पर अत्यंत क्रोध के समय भी किसी ने मुझे ऊँचा तक बोलते नहीं देखा। खून के घूँट भरकर मैं चुपचाप चला आया। घर पहुँचा तो मोती को देखकर पत्नी ने माथा ठोक लिया और उसे और भंगी को न जाने कितनी गालियाँ सुनाई। मैंने इस ओर कोई ध्यान न दिया, दूध और डबल रोटी मँगाई और उसे खिलाने लगा। पूँछ हिलाता हुआ वह खाता जाता था और कसी कृतज्ञ आँखों से मुझे देख भी लेता था।

'इस प्रकार उसे दूध डबल रोटी खिलाते देखकर पत्नी ने क्रोध से कहा, "अब क्या फिर इसे घर में रखने का इरादा है?"

'मैंने कहा, "मुझसे तो इतनी निर्दयता हो नहीं सकती।"

'पत्नी चिल्लाकर नौकर से बोली, "जा तो मुंडू, जरा उस बदमाश भंगी को बुला ला!"

'मुंडु भागा-भागा गया और भंगी को बुला लाया। असंख्य तो उसे गालियाँ श्रीमती जी ने सुनाई और धोखा देने के लिए खूब डाँटा और फिर धमकी भी दी कि उस पर मामला चलाया जाएगा। अंत में उसके अनुनय विनय करने पर उन्होंने आठ आने भंगी की ओर फेंक दिए और कहा कि जाकर कुत्ते को जहर दे दे, ताकि वह इतने कष्ट में न रहे।

'मैं बैठक में जा बैठा था। भरे गले से चीखकर मैंने कहा, "इस निर्दयी चाण्डाल के हाथ क्यों सौंपती हो?"

'पत्नी मेरे पास आकर कर्कश स्वर में बोली, "तो ब्राह्मण होकर स्वयं कुत्ते की हत्या करोगे?" और यह कहते हुए वह चली गई। मैंने सुना आँगन से वह कह रही थी, "जा, ले जा इसे, अगर अब की तूने धोखा

किया, तो जेल भिजवा देंगे।''

पंडित जी कुछ क्षण के लिए चुप हो गए। मैंने देखा कि उनका गला भर आया है। उस गंभीर और शांत व्यक्ति के हृदय में कितनी व्यथा थी, इसका मैंने कुछ-कुछ अनुमान किया।

पंडित जी फिर बोले, 'जानते हो उस जालिम भंगी ने क्या किया? गालियों और धमकियों की आग में जलता हुआ वह घर पहुँचा। गरीब मोती को फिर उसने एक खूँटे से बांध दिया और मार-मारकर अपनी ओर से उसके जीवन का अंत करके उसे कहीं फेंक आया।

'चार-पाँच दिन बाद मैं अपनी दुकान में अन्यमनस्क-सा बैठा था। कई दिन से दुकान में मंदा था। मोती जिस दिन से गया, मुझे ऐसा प्रतीत हुआ, जैसे दुकान की बिक्री उठ गई। सारा दिन बैठे-बैठे ग्राहक की बाट जोहने पर उसकी सूरत भी दिखाई न देती। शाम का समय था, और मेरा जी चाह रहा था कि जल्दी दूकान बढ़ाकर घर चला जाऊँ, कि क्या देखता हूँ कि जमीन सूँघता हुआ, काँपता-काँपता मोती का कंकाल सा दूकान की सीढ़ी पर आकर खड़ा हो गया। एक निमिष के लिए मुझे रोमांच हो गया। आँखें फाड़कर मैंने देखा मोती ही तो था।

'चीखकर मैंने पुकारा, ''मोती!''

'उसने केवल पूँछ हिलाई और जमीन को सूँघा, पर बढ़ा नहीं, वैसे ही अगले पाँव सीढ़ी पर टिकाए, दूकान के तख्ते को सूँघता हुआ कांपता रहा।

'मैंने फिर पुकारा, ''मोती।''

'इस बार वह काँपता हुआ ऊपर चढ़ आया, और फर्श सूँघता-सूँघता मेरे पास से निकलकर दूसरे कमरे में चला गया।

'एक अज्ञात आशंका से मेरा मन धड़क उठा। उठकर मैं मोती के पास चला गया। जाकर देखा, मेरा संदेह ठीक था, मोती अंधा हो गया था। उसकी आँखें खून की तरह लाल थीं और पुतलियाँ अपनी जगह से फिर गई थीं। निश्चय करने के लिए मैंने बड़े लड़के जयराज को मीठा बन्न

लाने के लिए कहा। वह भागकर बन्न ले आया और मोती की ओर हाथ बढ़ाकर बोला, "लो।"

'मोती दूसरी जगह मुँह मारने लगा। जयराज ने बन्न फेंक दिया और सूँघकर एक ही बार में वह उसे निगल गया। जाने कितने दिनों का भूखा था।

'मेरी आँखों से आँसू निकल आए। जाने किस तरह वह जीवित बच गया। किस प्रकार भूखा, अंधा, मृतप्राय वह केवल पशुज्ञान द्वारा सूँघ-सूँघकर दूकान पर आ पहुँचा था।'

मैंने देखा, पंडित जी की आँखें भर आईं, अवरूद्ध कंठ से बोले, 'मैं मोती को घर ले आया और पत्नी से मैंने कह दिया कि यदि एक शब्द भी इसके संबंध में किसी ने कहा, किसी ने उसे जरा-सा भी कष्ट दिया, तो मैं घर छोड़कर चला जाऊँगा।'

उसी समय एक सूखा-सा मरा-मरा कुत्ता जमीन सूँघता-सूँघता आया और पंडित जी के पास बैठकर दुम हिलाने लगा। उसकी गर्दन पर प्यार से हाथ फेरते हुए पंडित जी ने अपनी आँखों को पोंछ लिया।

नन्हा

उन्होंने कहा, 'ताँगा आ गया है, जल्दी चलो, समय नहीं।' और यह कहकर वे सामान उठाकर नीचे ले जाने लगे।

अपनी क्षीण और जर्जर काया को लेकर मैं चुपचाप उठी। अंदर बिस्तर पर मेरा नन्हा फूल सुख की नींद सो रहा था। आँखों की पँखुड़ियाँ उसकी बंद थी, नन्ही-नन्हीं लटें उसके मस्तक पर बिखर रही थीं। उसके बालों पर हाथ फेरते हुए धीरे-धीरे मैंने उसके गर्म-गर्म होंठों को चूम लिया। बच्चा एक बार चौंका फिर करवट बदलकर सो गया। कितनी बार उन बिखरे रूखें बालों पर प्यार का हाथ फेरा था, कितनी बार उन कोमल कपोलों को अनायास अपने होंठों से लगाकर भींच लिया था, लेकिन कभी कंठ यों आर्द्र न हो आया था, आँखें इस तरह न भर आई थीं। सोचने लगी, ''कौन जाने फिर यह नन्ही-मुन्नी सूरत देखने को भी मिलेगी या नहीं, आकर फिर उसे पा भी सकूँगी या नहीं, जी भरकर प्यार भी कर सकूँगी या नहीं। एक बार गोद में लेकर उसे चूम लेने को जी विह्वल हो उठा। मैं झुकी। तभी पीछे से आकर उन्होंने कहा, 'जाग जाएगा।' फिर मेरी सास की ओर देखकर बोले, 'माँ जी अब नन्हा आपके हवाले है।'

मैंने अपनी गीली आँखों से उनकी ओर केवल देखकर यही प्रार्थना दुहरा दी। जबान से भी कुछ कहना चाहती थी, पर गले ने साथ न दिया। हाँ मस्तक उनके चरणों पर झुक गया।

सास बोली, 'परमात्मा रक्षा करेगा, बेटी। मैं तो प्रार्थना करती हूँ, तुम शीघ्र स्वस्थ होकर आओ और अपने लाल को संभालो।'

चुपचाप मैं सीढ़ियाँ उतरने लगी। सास ताँगे तक आईं, क्षणिक आवेग

के बस मैं उनसे लिपट गई। तभी जैसे मुझे अपनी स्वर्गीय माँ की याद हो आई। मैंने सास को और भी जोर से अपनी बाहों में भींच लिया और सिसकियाँ बरबस मेरे होंठों से निकलने लगी।

आँचल से आँखें पोंछकर सास ने मुझे ताँगे में बैठने को कहा और दूसरे ही क्षण घोड़े की टापों से रात की निस्तब्धता भंग हो उठी।

निष्ठुर, निर्मम और ठण्डी सड़क। सोए हुए या किसी की याद में खोए हुए मलिन मकान और किसी अज्ञात अमंगल की भांति संसार पर छा जाने वाली सर्दी। उन्होंने बिना कुछ कहे शाल को और भी अच्छी तरह मेरे गिर्द लपेट दिया।

मैं जैसे आँखें फाड़कर उन विदा होते हुए दृश्यों को देख रही थी। चारों ओर निस्तब्धता छाई हुई थी। नीरवता, नींद और अंधकार तीनों से मिलकर यह रात की दुनिया बसी थी। सड़क के दाईं ओर फुटपाथ पर सड़ा-गला लिहाफ ओढ़े कोई दुनिया से ठुकराया भिखारी सो रहा था। मेरे हृदय में उस अनाथ के लिए हमदर्दी का समुद्र उमड़ आया और फिर एक बे माँ के बच्चे का चित्र आँखों के आगे खींच गया : फूल से गाल मुर्झा गए हैं, ओठों पर पपड़ियाँ जम गई हैं, आँखें हैं कि उल्लास की कब्रें बनी हुई हैं। अधीर-सी होकर मैंने कहा, 'ताँगा रोकना।'

'क्या बात है?' उन्होंने पूछा।

'एक फकीर इतनी सर्दी में फुटपाथ पर सोया पड़ा है।'

'कहाँ?'

किन्तु ताँगा इतने में बहुत दूर निकल आया था। मैंने दूर तक नजर दौड़ाई। सामने मकान के ऊपर से अस्ताचल को जाता हुआ चाँद झाँक रहा था, उदास और क्लांत। जैसे अपनी परिचित नगरी को छोड़ते हुए उसे दुःख हो रहा था और उसकी फीकी रोशनी में वह मंद भाग्य भिखारी एक काला धब्बा-सा बनकर रह गया था।

बाईं ओर एक मकान से बच्चे के रोने की आवाज आई और किसी

माँ ने थके हुए उनींदे स्वर से कहा, 'सो जा मेरे लाल।' बच्चा जाने क्यों और भी रो उठा, तब किसी बुढ़िया की कर्कश आवाज सुनाई पड़ी, 'सो भी जा कम्बख्त, सारी नींद हराम कर दी!'

मेरा कलेजा उछल पड़ने को हो गया। घर का नक्शा आँखों के आगे खींच गया : मेरा लाल रो रहा है, माँ-माँ कहकर चिल्ला रहा है और माँ उसे झिड़क कर सुलाने का प्रयास कर रही है। वापस जाने के लिए मैं बेचैन हो उठी, मैंने कहना चाहा ताँगा रोक दो।

ताँगा रुक गया। स्टेशन आ गया था और प्लेटफार्म पर खड़ी हुई गाड़ी का इन्जन शूँ. . .शूँ कर रहा था।

मेरे पति ने कुली को आवाज दी और मुझे बाजू थामकर उतारते हुए कहा, 'शील, इधर कुली ट्रंक रख देता है। तुम उस पर बैठो और बाकी सामान ध्यान से उतरवा लेना। मैं इतने में भागकर टिकट ले आऊँ, समय नहीं है।'

मैं कहना चाहती थी कि मैं वापस जाना चाहती हूँ, आज नहीं कल चलेंगे, लेकिन कहती किसे, वे तो टिकट लेने चले और कुलियों ने सामान उतारकर रखना शुरू किया।

'देख लेना बहू जी, कोई और चीज तो नहीं रह गई।' मैं जैसे स्वप्न से जागी, तभी वे भी आ गए। सामान को गिनकर उन्होंने ताँगे वाले को पैसे दिए और कुछ देर बाद गाड़ी हमें अपनी गोद में बिठाए लिए जा रही थी। मौत और इस गाड़ी में शायद कुछ अंतर नहीं, यदि है तो इतना ही कि मौत चुपचाप आती है और गाड़ी शोर मचाती हुई। नहीं तो अथक निर्मम और भावशून्य यह भी कम नहीं। सहस्रों यात्री इसने एक स्थान से दूसरे स्थान पर पहुँचा दिए, कभी किसी से प्यार नहीं पाला, कभी किसी से वियोग में दो आँसू नहीं बहाए, मौत की भाँति निर्मम होकर लिए जाती रही है यह उनको। इसे क्या मालूम कि यह जो इसकी गोद में बैठी जा रही है, शायद अपनी अंतिम यात्रा पर है। यहाँ के डॉक्टरों ने उसके जीवन से निराशा प्रकट की है। शायद की कभी उसकी गोद में, बैठ सकेगी या

नहीं, पर इसे क्या?

दूर वृक्षों के सिरों पर चाँद चमक रहा था। कान्ति उसकी और भी फीकी हो गई थी। सहसा एक नन्ही-सी सूरत ने चाँद में झाँका और किसी ने पुकारा।

"माँ।"

"माँ।"

मैंने उनकी ओर देखा, सामने की सीट पर चुप विचार में मग्न बैठे थे।

मैंने कहा, 'आपने यों ही कितनी जल्दी की। एक दिन और ठहर जाते तो क्या था?'

उन्होंने स्थिर आँखों से मेरी ओर देखा और फिर उठकर वह मेरे पास आ बैठे।

मेरे सिर को अपने विशाल सीने से लगाते हुए उन्होंने कहा, 'शील, तुम इतनी अधीर क्यों हो रही हो?'

मेरे आँसू शायद उनकी इसी बात की प्रतीक्षा कर रहे थे।

कहकहा लगाने की कोशिश करते हुए उन्होंने कहा, 'शील, यदि तुम इस तरह कुढ़ो-दुखोगी तो आराम न आएगा।' लेकिन मैं नहीं हँसी, मैंने कहा, 'मैं मिन्नत करती हूँ, तुम मुझे नन्हे को लाकर दिखा दो।'

वह चुप मेरी ओर देखते रहे, फिर उन्होंने कहा, 'तुम दूसरों की कठिनाई नहीं समझतीं, बच्चे को यहाँ लाना इतना सुगम नहीं, जितना तुम समझती हो। बच्चे को लाना चाहूँगा तो माँ को भी उसके साथ आना पड़ेगा और तुम्हें मालूम नहीं माँ आजकल एक दिन के लिए भी घर नहीं छोड़ सकतीं, हरिकृष्ण के इम्तिहान हो रहे हैं। और फिर सुमित्रा को भी घर में अकेली नहीं छोड़ा जा सकता, अब मैं तुम्हें कैसे समझाऊँ?'

यह कहकर वे चुप हो गए और मैंने आँचल में अपना मुँह छिपा लिया। आज दो महीने से मैं अस्पताल में पड़ी थी। रह-रहकर मुझे नन्हे

की याद सताती थी। केवल नजर भरकर देखना मात्र चाहती थी उसे, अपने पास रखना तो न चाहती थी, पर मेरी इतनी भी इच्छा पूरी न हो रही थी।

बाहर सड़क पर मोटर पों-पों करती निकल गई और मन्थर गति से चलने वाले किसी ताँगे के पहियों की आवाज आने लगी।

मैंने आँखों को पोंछकर दूर वार्ड के अंतिम कोने में पड़ी हुई कामना की ओर देखा। वह दो महीने से अस्पताल में पड़ी थी, एक बच्ची तब से ही शायद घर में उसकी राह देख रही थी और कामना शायद जीवन से निराश थी, शायद जानती थी कि उसकी बच्ची अपनी माँ को फिर कभी न देख सकेगी और तभी कभी-कभी छटपटा कर अपने पति से विनीत स्वर में वह कह उठा करती थी, 'मुझे मुन्नी को दिखा दो।'

कंबल ओढ़े चुपचाप वह पड़ी थी, कौन जाने वह सोई थी या जाग रही थी। और यदि जाग भी रही थी तो कौन जाने कि वह जागृतावस्था में ही अपनी बच्ची का प्यार न ले रही थी?

दो महीने पहले की एक घटना मेरी आँखों के सामने फिर गई, एक बेपनाह चीख की भाँति रात को चीरती हुई गाड़ी लाहौर पहुँची थी और अस्पताल में दाखिल होने से पहले हम उनके एक मित्र के यहाँ एक दिन ठहरे थे। अनारकली के समीप ही गणपत रोड पर उनके मित्र का मकान था। जिस कमरे में मुझे ठहराया गया था, वह काफी खुला और रोशन था। मैं गाड़ी से उतरकर ताँगों के अड्डे तक आते-आते ही निढाल हो गई थी। यद्यपि कुछ भी खाने-पीने को मन न चाहता था, फिर भी उनके अनुरोध से दूध के दो-चार घूँट भरकर बिस्तर पर लेट गई थी। मेरे आराम का प्रबंध करके वे डॉक्टरों से परमार्श करने बाहर चले गए थे और मैं खिड़की से बाहर खुले नीले आकाश को ताकती लेटी रही थी। बाहर से कुछ विचित्र प्रकार का मिला-जुला शोर कानों में आ रहा था, कभी मोटर की घर्र-घर्र का, कभी पों-पों का, कभी ताँगों की लड़खड़ाहट का, कभी-कभी ताँगे वालों की गालियों का और कभी इन सबका इकट्ठा, किन्तु इन सब

चिल्ल-पों और इस सब कोलाहल में कभी-कभी जैसे कोई धीरे से मेरे कानों में आकर आवाज़ देता था, 'माँ।' और मैं सिहर जाती थी।

दुपहर को घर की मालकिन, उनके मित्र की धर्मपत्नी, मेरे पास आ बैठी। बेचारी बड़ी अच्छी थी। मुझसे मेरी बीमारी के संबंध में पूछने लगी।

मैंने कहा, 'पता नहीं चलता क्या बीमारी है? ज्वर रहता है, और घुली जा रही हूँ। जाने क्या रोग है? मालूम नहीं, जीती भी लौटूँगी या नहीं।'

वह मुस्कुराई, आज भी वह मुस्कुराहट मेरी आँखों के सामने नाच जाया करती है, बोली, 'आप घबराइए नहीं। ज्वर की क्या बात है, एक तरह का हो तो कोई जाने! मेरी ननद को सालभर ज्वर चढ़ता रहा। डॉक्टरों ने तो डरा ही दिया था, पर परमात्मा ने भला कर दिया। जिगर का बुखार था। डेढ़ वर्ष बाद आराम आ गया और अब तो वह कई बच्चों की माँ भी है। परमात्मा ने चाहा तो आप भी शीघ्र स्वस्थ हो जाएँगी।'

मैंने विषाद से हँसकर कहा, 'ईश्वर करे आप जो कहती हैं वही हो।' तभी एक छोटा सा सुंदर बालक "माँ-माँ" करता आया और उनके गले से लिपट गया।

दूसरे दिन मुझे अस्पताल में दाखिल करा दिया गया। मैंने सुख की साँस ली। यदि उनके मित्र के यहाँ मुझे कुछ दिन रहना पड़ता तो जाने मेरी क्या दशा होती। जब भी वह गोल-मटोल सुंदर भट्टी-सी आँखों वाला बालक आता, मेरा हृदय उसे गोद में लेकर प्यार करने के लिए तड़प उठता।

उज्ज्वल स्वच्छ और खुला कमरा, शीशों की भाँति चमकता हुआ फर्श, श्वेत पालिस से दमकती हुई मेज कुर्सियाँ, मुझे अस्पताल का वातावरण बुरा नहीं लगा। इस उज्ज्वल और पवित्रता के बावजूद अस्पताल में स्निग्धता और ममत्व का जो अभाव होता है, तब उस पर ध्यान न देकर मैं नन्हे बच्चे की दुनिया से दूर जैसे पूर्ण शक्ति पाकर हलकी हुई थी। पर अब तो दो महीने इसी निर्ममता में रहकर ऊब उठी। मैं चाहती थी अपने

घर आँगन, उसमें अपने चहकते हुए नन्हे का शोर, उसकी किलकारियाँ, प्यार, रुदन और झिड़कियों का संसार।

तभी कामना, न जाने कब, धीरे से उठकर दीवार का सहारा लिए मेरे पास आई और उसने मेरी भरी हुई आँखों के सामने एक फोटो रख दिया, 'शीला यह मुन्नी की तस्वीर है।'

मैंने उसकी ओर देखा, उसके जर्द-पीले चेहरे पर एक स्वर्गिक उल्लास खेल रहा था।

'सुंदर है।' मेरे भरे हुए कंठ से इतना ही निकला, जब वह चली गई तो मैंने आर्द्र नयनों से उनकी ओर देखते हुए अत्यंत विनीत स्वर में कहा, 'एक बात मानोगे?'

'कहो?'

'उसको नहीं ला सकते, तो उसका एक फोटो ही दिखा दो।'

एक निमिष के लिए उनका मुख मलिन हो गया, फिर हँसकर उन्होंने कहा, 'अच्छा ला दूँगा।'

मैंने पूछा, 'चेहरा क्यों उदास कर लिया?'

वे हँसे, बोले, 'मैं सोचता हूँ, इससे तुम स्वस्थ न हो सकोगी। तुम्हारा स्वास्थ्य ठीक हो रहा है, दो-एक महीने तक घर ही तो जाओगी, यहाँ बैठी उसके फोटो को लेकर रोती रहा करोगी।'

मैंने कहा, 'मैं कभी न रोऊँगी।'

सन्ध्या का समय था, डूबते हुए सूर्य की पीली कान्ति सड़क के वृक्षों से छनकर खिड़की से अंदर आ रही थी। खिड़की की जाली के पास मैं कब से बैठी प्रतीक्षा कर रही थी। नन्हे के कई चित्र मेरी आँखों के सामने फिर गए थे कल्पना ही कल्पना में मैंने उससे बातें की, उसे प्यार किया, चूमा और गले से लगाया। साढ़े पाँच बजने को आए, खिड़की से लगे-लगे मेरे गाल पर जाली के निशान बन गए, जाली में निर्निमेष रास्ता तकते-तकते मेरी आँखें दुखने लगीं, दूसरे रोगियों को देखने जो नातेदार आए थे, वे जाने लगे, लेकिन उनका कहीं पता न था।

आज उन्होंने नन्हे का फोटो साथ लाने को कहा था। सुबह से आज मैं शाम की प्रतीक्षा कर रही थी। मिनट गिन-गिन कर दिन काटा था। चार बजे तो मेरा दिल खुशी से धड़कने लगा था, पर ज्यों-ज्यों समय बीतता जाता, मेरा उल्लास भी हल्के-हल्के श्वेत बादलों की भाँति दुःख के आकाश में विलीन होता जाता। और अब, अब तो जी चाह रहा था कि जोर से चीख मारकर रो पड़ूँ, यह जाली तार-तार कर दूँ और बाहर सड़क पर पागलों की नाईं भाग जाऊँ।

तभी कामना की मौसी ने आवाज़ दी, 'कहो शीला क्या हाल है?'

मैंने उनकी ओर देखा, पर कुछ कह न सकी।

'कहो तुम्हारा नन्हा तो अच्छा है।'

एक क्षण के लिए मेरा दिल धड़क उठा, घबराकर मैंने पूछा, 'क्यों उसे क्या हुआ था?'

कामना की मौसी हमारे नगर में ही ब्याही हुई थीं। मैं तो उन्हें न जानती थी, पर वे हमारे सब घर वालों से परिचित थीं। कहने लगीं, 'सुना था कई दिनों से बीमार है।'

मैंने और भी घबराकर कहा, 'नहीं तो, मुझे तो उन्होंने बताया तक नहीं। अभी तो उस दिन वे मुझसे मिलने आए थे, कहते थे, "खूब हृष्ट-पुष्ट है और अब तो बैठना भी सीख गया है।"'

यह कहकर मैंने उत्सुकता की निगाहें कामना की मौसी के चेहरे पर जमा दीं।

लेकिन मौसी ने कुछ भी न कहा। तनिक गंभीर होकर वह बोली, 'मैं कई दिन से मोहल्ले में गई भी नहीं, अब अच्छा हो गया होगा।' फिर जरा मुस्कुराने की कोशिश करते हुए उन्होंने पूछा, 'कहो, अब तुम्हारा क्या हाल है?'

मैंने कहा, 'आगे से अच्छी हूँ।' और इससे पहले कि मैं नन्हे के संबंध में कुछ पूछती। मौसी नमस्ते करके चली गईं। खिड़की की जाली से बाहर की ओर देखा तो अंधेरा छा रहा था। मैं निराश हो गई। और

बीस मिनट तक यदि वे न आए तो अस्पताल का फाटक बंद हो जाएगा। फिर अगले सप्ताह तक उनके आने की प्रतीक्षा करनी होगी। पहाड़ से सात दिन कैसे बीतेंगे? मैंने दीर्घ निश्वास छोड़ा, मेरा जी फिर रोने को हो पड़ा। तभी देखा फाटक पर वे तेज-तेज जैसे भागते हुए चले आ रहे हैं, मैं बिस्तर पर लेट गई और अनायास ही अपनी बह उठने वाली आँखों को आँचल में ढक लिया।

वे आकर मेरे सिरहाने बैठ गए।

'शील. . .शील. . .शील. . .।'

और बार-बार मेरा हाथ उन्होंने मेरी आँखों से उठाया, न जाने कहाँ से इतने आँसू निकले आ रहे थे। मैं रोना न चाहती थी, फिर भी रोए जा रही थी।

आखिर उन्होंने इस देरी की सफाई देनी शुरू की, 'नन्हे की फोटो ही के कारण पहली गाड़ी मिस कर गया, क्या करता, फोटोग्राफर ने अभी तैयार ही नहीं किया था। मैं जाकर सिर पर सवार हुआ तो मुश्किल से तैयार कर दी, पर फिर भी गाड़ी छूट चुकी थी। मोटर में आया हूँ।'

और मेरे आँसू स्वयं थम गए। एक बार आँचल से आँखें पोंछकर मैं उठ बैठी, 'खिंचवा लाए फोटो, दिखाओ तो।'

उन्होंने हँसने का प्रयास करते हुए पूछा, 'रो क्यों रही थीं?'

मैंने कहा, 'फोटो दिखाएँ आप।' और मैंने उनके हाथ से फोटो छीन लिया। एक मूढ़ा उल्टा करके रखा था और उसमें बिठाकर उसका चित्र लिया गया था। मुहब्बत के जोश में मैंने उसे चूम लिया और फिर सीने से लगाकर लेट गई। उस समय ऐसा महसूस हुआ, जैसे मैं बहुत हल्की हो गई हूँ, जैसे मीलों लंबी यात्रा करने के बाद आराम से मंजिल पर पहुँच गई हूँ।

आज अस्पताल में मेरा अंतिम दिन था। सुबह से ही मेरी तबीयत भारी-भारी हो रही थी। कुछ विचित्र प्रकार की उदासी स्वाभाविक उल्लास

के साथ मेरे रोम-रोम में छाई जाती थी। सराय में भी चार दिन रहो तो कमरे से प्रेम हो जाता था और विदा होते समय मनुष्य दीवारों पर ही एक हसरत भरी नजर डाल लेता है। फिर अस्पताल में तो मैंने अपनी बीमारी के चार दिन नहीं चार महीने बिताए थे, फिर वे बीमार स्त्रियाँ थीं, जिनसे इस बीमारी के दिनों में प्यार-सा, बहनापा-सा हो गया था। दिनभर मैं सबसे विदा लेती रही, कामना प्रातः ही से बेहोश थी, उसकी बच्ची का सिर उसके सीने पर पड़ा था। इन अंतिम दिनों में उसका सारा प्यार, सारा अनुराग, समस्त आकांक्षाएँ, अपनी बच्ची में केंद्रित हो गई थीं। जब वह होश में होती तो उसके विषय में सोचती। पुरुषों का क्या है, आज एक स्त्री की मृत्यु हुई, कल दूसरी आ जाएगी, शायद पहली से अच्छी हो, पर बच्चों को उनकी माँ कभी नहीं मिलती, यही बात वह मुझसे कहा करती थी। और शायद उसका कथन सत्य था। बेहोश, अपनी बच्ची की तस्वीर को सीने से लगाए, वह अपने बिस्तर पर पड़ी थी, और मैं परमात्मा को धन्यवाद दे रही थी कि उसने मेरे बच्चे को बे-माँ का होने से बचा लिया। अपनी मृत्यु के बाद उसकी दशा की कल्पनामात्र से मेरा हृदय काँप जाता। मैं दिल से चाहती थी कि कामना को होश आ जाए, तो मैं उससे दो बातें करके विदा ले लूँ, पर उसे होश न आया इधर वे मुझे लेने आ गए।

गर्मियाँ अभी पूरी तरह शुरू न हुई थी, पर वृक्षों की छाया प्यारी लगने लगी थी। मीठी मादक बयार चल रही थी। अस्पताल से बाहर आकर अपने चारों ओर मैंने नजर डाली। एक मटियाले रंग का कबूतर शीशम के पत्तों के बीच छिपा गूटरगूँ कर रहा था और अस्पताल की दीवार पर दो फफोले फुदक रहे थे। मैंने खुशी की फरेरी ली। सब कुछ नया-सा लग रहा था और मैं महसूस करती थी जैसे दूसरी दुनिया में लौट आई हूँ। लाहौर छोड़ने से पहले हम उनके मित्र के यहाँ भी गए। ओठों पर वही मुस्कान लिए उनकी पत्नी ने मेरा स्वागत किया। अनुरोध करने लगी कि दो चार दिन लाहौर में ठहर जाऊँ, इतनी चीजें यहाँ देखने की हैं। उन्होंने भी कहा, 'जब किसी सबब से आई हो, तो एक दिन रहकर कुछ देख-दिखा जाओ,

फिर कब आना होता है?' पर मैं न मानी। कोई दूसरा अवसर होता तो शायद मैं उन्हें दो-चार दिन क्या एक-दो सप्ताह लाहौर रहने के लिए विवश कर देती, पर मैं तो उड़कर घर पहुँचना चाहती थी। उनके मित्र और पत्नी के बहुत जोर देने पर खाना हमने वहीं खाया। बड़े प्रेम से उन्होंने तैयार किया था, पर मुझे कुछ आनंद न आया। जल्द-जल्द निपटकर मैं तैयार हो गई। घर की मालकिन से गले मिली और फिर आने का और उन्हें काफी दिन तक तंग करने का वादा करके चल पड़ी। अनारकली के सिरे पर बिसातियों की दुकानें देखकर मुझे नन्हे के लिए खिलौने लेने का ख्याल आया।

उन्होंने कहा, 'गाड़ी चली जाएगी। वहाँ क्या कम खिलौने मिलते हैं?' पर जितनी देर में वह ताँगा करते मैंने खरीद लिए।

वे मेरे समीप आकर हँसे। बोले, 'सभी झोली में डाल लोगी क्या? चलो ताँगा आ गया है।' और पैसे दुकानदार को देकर मैं उसी तरह झोली में खिलौने लिए ताँगे में जा बैठी। स्टेशन पर पहुँचे तो गाड़ी तैयार थी, टिकट लेकर दौड़े, बैठे की चल दी।

प्रायः ऐसा भी होता है कि भावातिरेक के कारण बातें करना असंभव होता है। गाड़ी चली जा रही थी और हम दोनों चुप बैठे थे। उनके संबंध में मैं कुछ नहीं कह सकती, पर मैं बहुत कुछ सोच रही थी। बच्चे के प्यार की कीमत जो मुझे अस्पताल जाकर ही मालूम हुई, जीवन की समस्त ज्योति जब मौत की गहरी खाई की ओर बढ़ने लगती है, तो एक वही मुन्नी सी किरण साथ-साथ चली आती है। गाड़ी के उस डिब्बे में बैठे कामना का चित्र मेरी आँखों के सामने खींच गया और मन ही मन उसकी बदनसीब बच्ची के लिए प्रार्थना करके मैंने अपने नन्हे के पालन-पोषण के सिलसिले में कई स्कीमें बना डालीं।

गाड़ी के हिचकोलों से मुझ पर प्रमाद-सा छाने लगा, खाना भी खा रखा था और फिर दोपहर का समय था। कुछ क्षण बाद मैं वहीं कोने में सिर लगाए सो गई। जब उन्होंने जगाया तो हम अपने नगर के समीप

पहुँच गए थे। गाड़ी बल खा रही थी। आँखें मलकर और अँगड़ाई लेकर मैंने देखा, स्टेशन दिखाई दे रहा था। तभी एक दीवार हमारी गाड़ी के साथ-साथ चलनी शुरू हो गई, अगनित लाइनें, शंट करते इंजन और डिब्बे और गाड़ी प्लेटफार्म पर रुक गई।

खुश-खुश मैं उतरी। घर पहुँचे तो सास ने नीचे आकर स्वागत किया। मुझे गले से लगाया, एक लंबी साँस ली। मैंने देखा, उनकी आँखें भर आई।

मैंने पूछा, 'ललित सो रहा है क्या?'

पर शायद उन्होंने मेरी बात नहीं सुनी। उनके हाथ से सामान लेकर ऊपर जाने लगी। जाते-जाते घूमकर सास ने उनसे कहा, 'बहू को नीचे बैठक में बिठाओ, ऊपर जरा नौकर बुहारी दे रहा है।'

बैठक में जाकर मैं कौच पर बैठ गई। वे कमरे में घूमने लगे, पर मुझसे बैठा न गया। मैं उठी, मैंने कहा, 'मैं तो जरा नन्हे को देख आऊँ।'

वे रुके, मैंने देखा उनके चेहरे का रंग फीका पड़ गया, किसी अनिष्ट की आशंका से मेरा दिल धक्-धक् करने लगा। भागकर और उन्हें दोनों कंधों से थामकर मैंने पूछा, 'नन्हा कहाँ है?'

उन्होंने अँगीठी की ओर इशारा किया, दीवार के सहारे एक बड़े चौखटे में जड़ी हुई ललित की तस्वीर पड़ी थी, उसी का बड़ा साइज, जो वे मुझे अस्पताल में दे आए थे।

'नन्हे का अब यही कुछ बच गया है शील।'

और इससे आगे वे कुछ न कह सके। रूमाल से चेहरे को ढाँप, जल्दी-जल्दी दूसरे कमरे में चले गए।

माँ

ऐसे कठिन समय में माँ के दिल पर जो बीत रही थी, उसे दूसरा कौन जान सकता है? कितनी बार जगत की बात लगी, पर पंडित जी की ख्याति के कारण टूट गई। एक तो सिरे से ही दूसरी शादी, फिर लड़के का पिता शराबी और जुआरी! कौन ऐसा कसाई बाप होगा, जो अपनी लड़की को ऐसे शरीफ आदमी के घर ब्याहना पसंद करेगा? आम के पेड़ में आम ही लगते हैं और कड़वे नीम में निबौलियाँ ही। कौन यह कह सकता है कि योग्य पिता का पुत्र भी योग्य न होगा? दुर्व्यसनों में फँसने के अवसर तो बहुत मिल जाते हैं। हाँ, बच निकलने के कम होते हैं। यही कारण था कि जब-जब नाई और पुरोहित के प्रयत्नों से जगत की सगाई हुई, तब शादी का ही कोई डौल न था।

पंडित जी को इस बात की चिंता हो, यह बात न थी। इस सिलसिले में उन्होंने कभी नहीं सोचा था। उन्हें तो आठों पहर बोतल और लाल परी से काम था। कोई मरे चाहे जिए, लड़के की शादी हो या न हो, घर में संपन्नता हो या विपन्नता, उनके लिए सब एक बराबर था। जब कभी तबीयत होती, तब नशे में झूमकर अलापते :

शामा मेरे अवगुण चित न धरो।

और निश्चिंत हो जाते, जैसे उन्हें विश्वास हो जाता कि सर्वशक्तिमान ने उनके सब गुनाह माफ कर दिए हों।

यह सब तो था, पर यदि गाड़ी के दोनों पहिए बिगड़ जाएँ तो वह चले ही कैसे? पिता अपने कर्तव्य को भूला हुआ था, माँ उसे यथाशक्ति पूरा किए जा रही थी और यही कारण था कि किसी तरह सब काम चल रहा था। अंदर से हालत चाहे कितनी ही बुरी हो गई हो, पर बाहर से

साख बनी हुई थी।

जगत अपने माँ-बाप का इकलौता लड़का था। नूरमहल के एक हाई-स्कूल में साधारण टीचर था। पंडित जी ने नौकरी के दिनों में कुछ जमा नहीं किया था, प्रॉवीडेंट-फंड बाद को शराब की नजर हो गया और जो एक-दो गहने थे वे धीरे-धीरे जगत की पत्नी की बीमारी में चौधराइन के यहाँ गिरवी रखे जाने लगे। और इधर गहने खत्म हुए, उधर उसकी जीवन लीला समाप्त हो गई। अब इस विवाह के लिए क्या किया जाए, कहाँ से गहने लाए जाएँ? इसी बात की चिंता माँ को खाए जा रही थी।

इस अंधकार में जगत की मां को केवल एक ओर से प्रकाश की किरण दिखाई देती थी। उसके मैके में ऐसी दरिद्रता न थी, उसके पिता धनी-मानी और संपन्न व्यक्ति थे। जगत के पहले विवाह पर उन्होंने हाथ का एक आभूषण और मूल्यवान वस्त्र दिए थे। कोई पाँच-छह सौ की चीज रही होगी। उसे आशा थी कि इस बार भी उसके पिता कुछ न कुछ अवश्य देंगे। पाँच-छह सौ न सही, तीन-चार सौ तो कहीं गए नहीं। मगर इन तीन-चार सौ से क्या बनेगा? गहने-कपड़े, लाग-बिहार, मिठाई-शीरीनी, शादी में क्या-क्या न चाहिए? गुड्डे-गुडिया के विवाह में भी सौ व्यवस्थाएँ करनी पड़ती हैं और फिर यह तो स्त्री-पुरुष का विवाह था। सोचती, 'यदि इस बार भी विवाह न हो सका तो क्या होगा? सब आशाओं पर पानी फिर जाएगा।' उस समय उसे पंडित जी के व्यवहार पर दुख होता था, किन्तु पुराने विचारों की हिन्दू नारी थी, शिकायत का एक शब्द भी होंठों पर लाना पाप समझती थी, कष्ट सहती थी, दुख झेलती थी, पर जबान नहीं हिलाती थी।

रात का तीसरा पहर था। सारी दुनिया मीठी नींद सो रही थी, किन्तु जगत की माँ को नींद कहाँ? वह तो ऐसे भाग गई थी जैसे विपत्ति के समय सौभाग्य! पिंजरे के पट बंद थे, पर नींद के पंछी उड़ चुके थे।

विवाह होने में केवल बीस दिन रह गए थे और गहनों का अभी तक

कोई प्रबंध नहीं हुआ था! रुपए होते तो चौधराइन से ही गहने छुड़ा लेती और रुपए कहाँ से आते? कोई युक्ति सूझ नहीं रही थी। इसी सोच में रात बीत गई। अंधेरा कुछ छट गया। मुहल्ले के कुएँ में किसी ने गागर डुबोई। प्रातःकाल पानी भरने वालों का आगमन हो गया था। सामने के घर से चक्की चलने के साथ किसी के गाने की आवाज आने लगी थी। शायद विधवा कंसो प्रातःकाल उठकर अपने काम में लग गई थी। दूर कहीं प्रातः का मुअज्जन मुर्ग अपनी पूरी आवाज से बोल उठा। माँ उठी, और फिर, जैसा उसका नित्य का क्रम हो गया था, अंदर कमरे में गई, ट्रंक खोलकर उसने उसमें से छोटा-सा डिब्बा निकाला और एक-एक चीज निकालकर बाहर देखने लगी। था ही क्या? चाँदी के लच्छे और ढोल था, सोने की दो अँगुठियाँ थी, पुराने फैशन की एक माला और छह मासे का एक सौकनमोहरा[1] था। शादी दूसरी थी, इसलिए एक अँगूठी तुड़वाकर सौकनमोहरा बनवा लिया था। भारी गहने तो सब चौधराइन के यहाँ गिरवी रखे थे। एक दीर्घ निश्वास छोड़ते हुए उसने इन सबको डिब्बे में बंद किया, डिब्बे को ट्रंक में रखा और ताला लगा दिया। फिर वही सिर को घुटनों पर रखकर सोचने लगी। कई दिनों वह प्रतिदिन ऐसा ही करती थी। सुबह उठकर गहनों को निकाल कर गिनती और फिर वही बैठकर सोचती, किन्तु कोई उपाय समझ में न आता। पर आज अचानक एक बात सूझी और इसके साथ ही उसके शरीर में स्फूर्ति की एक लहर दौड़ गई। वह उठी, घर में झाड़ू-बुहारी देकर पूजा करने बैठी और सच्चे दिल से उसने भगवान से प्रार्थना की कि इस बार उसे असफलता का मुँह न देखना पड़े और फिर वह चौधराइन के घर की ओर चल दी।

चौधराइन का घर समीप ही था। जगत की माँ तेजी से जा रही थी, उसने जल्दी-जल्दी देहलीज पार की, किन्तु निचले आँगन में जाकर रुक गई। ऊपर जाए कि न जाए? उसकी दाहिनी आँख फड़कने लगी। मन में संदेह-सा उत्पन्न हो उठा। उसके कान में जैसे किसी ने कहा, "आज काम न बनेगा।" उसने चाहा, मुड़ जाए। पर मुड़कर जाए कहाँ? विवश हो आगे

बढ़ी। धीरे-धीरे सीढ़ियाँ चढ़कर ऊपर पहुँची। मालूम हुआ चौधराइन अभी सो रही है। वह दहलीज पर ही एक ओर होकर बैठ गई।

कोई एक घंटे बाद जब चौधराइन की नींद टूटी, तब एक हल्की-सी मुस्कराहट के बाद उसने जगत की माँ से उसके आने का कारण पूछा। जगत की माँ चुप-सी हो गई। यहाँ कहने के लिए घर से जो कुछ सोचकर आई थी वह सब भूल गयी। कह सकती तो मुश्किल से इतना ही, 'जगत के विवाह में केवल बीस दिन रह गए हैं।'

चौधराइन फिर मुस्कुराईं, 'बधाई हो। मैं तो उधर आ ही नहीं सकी।' फिर लंबी साँस खींचकर बोली, 'यह कमर का दर्द निगोड़ा कुछ ऐसा चिमटा है कि कहीं जाने ही नहीं देता। मैं तो स्वयं बधाई देने के लिए जाना चाहती थी।'

'आपको ही बधाई है।' जगत की माँ ने धीमे स्वर से कहा।

चौधराइन ने सहानुभूति दिखाते हुए कहा, 'परमात्मा करे फिर घर बस जाए। बेचारा उदास रहता है। मैं तो जब देखती हूँ, जी मसोस कर रह जाती हूँ। इस बार कहाँ बात लगी है।'

जगत की माँ ने उत्साहित होकर कहा, 'नकोदर में रिश्ता हुआ है, पर विवाह हो सकेगा, इसका कोई ठिकाना नहीं। उनकी आदत तो आप जानती ही हैं और पैसे के बिना कुछ होता नहीं।'

अब चौधराइन ने कुछ शंकित नेत्रों से उसकी ओर देखा।

जगत की माँ कहती गई, 'मैं आपको तीन सौ रुपए दे दूँगी। आप मुझे कृपा कर मेरे सब गहने दे दें। इस बात का मैं वचन देती हूँ कि गौने के बाद सब गहने आपके पास फिर रख जाऊँगी।'

चौधराइन ने बेरूखी से कहा, 'मैं सोचकर उत्तर दे सकूँगी। शाम को रिखीराम आ जाएगा, तब उससे सलाह करके तुम्हें बताऊँगी। आपकी ओर पिछले तीन महीने का सूद भी तो है।'

'वह भी मैं तीन सौ के साथ ही दे दूँगी।' जगत की माँ ने कहा। लेकिन चौधराइन ने यह नहीं सुना। उस समय तक वह उठकर अंदर जा

चुकी थी। जगत की माँ चुपचाप सीढ़ियाँ उतर आई और फिर आकर धम से फर्श पर बैठ गई। उसे ऐसा मालूम हुआ, जैसे मुसीबतों का अंधेरा पहले से कई गुणा गहरा गया हो। उसने दुपट्टे से मुँह छिपा लिया और रोने लगी। उस समय पंडित जी ने बैठक में तान लगाई :

शामा मेरे अवगुण चित न धरो।

शाम को चौधराइन का जवाब आ गया। वही जिसकी संभावना थी। माँ ने शांति से उसे सुना और फिर अपने काम में लग गईं। उसकी आँखें एक बार भर आईं, किन्तु उसने पोंछ डाला। यदि आँसू बहाने से ही विवाह हो जाता तो आज तक जितने आँसू उसने बहाए थे, उनसे मुहल्ले भर की शादियाँ हो जाती!

जगत की माँ एक साधारण प्रकृति की महिला थी। वह न होती तो घर कब का चौपट हो गया होता और पंडित जी या तो यमुना किनारे धुनी रमा लेते या जेल की रोटियाँ तोड़ते। कई बार अवसर पड़ने पर जगत की माँ उनके आड़े आई थीं, कई बार उसने उनके लिए रुपए का प्रबंध किया था। साहस और हिम्मत की वह मूर्ति थी। उसने जगत को एक पत्र लिखवाया कि छुट्टी लेकर आ जाए और स्वयं अपने मैके को रवाना हो गईं।

होशयारपुर में उसका मैका था। उसके पिता के पास धन का अभाव न था। वे चाहते तो एक छोड़ बीस शादियाँ करवा देते। किन्तु उन्होंने पुरोहिताई से रुपया कमाया था, पैसा-पैसा करके, पेट काट-काटकर, धन एकत्र किया था। वे कंजूस थे और उन्हें पैसे की जुदाई बहुत अखरती थी। फिर सबसे बढ़कर एक बात थी कि उनकी पत्नी दूसरी थी। सौतेली माँ की उपस्थिति में जगत की माँ को कुछ अधिक मिलने की संभावना न थी, फिर भी वह सब तरफ से निराश होकर वहीं जा रही थी। किनारा कितना भी चिकना क्यों हो, उस पर सहारा देने की कोई वस्तु हो या न हो, किन्तु और कोई आश्रय न पाकर डूबता हुआ उसे ही पकड़ने के लिए हाथ-पाँव

मारता है। वहाँ पहुँची तब उसकी सौतेली माँ ने अड़चन डाल दी। बहुत कुछ झगड़ रगड़ के बाद जगत की माँ चार सौ रुपया पा सकी। वहाँ से चली तब भविष्य की चिंताओं ने उसे घेर लिया। जैसे क्षुधातुर व्यक्ति रोटी का टुकड़ा पाने पर भूख से और भी व्याकुल हो उठता है, इसी तरह जगत की माँ इन चार सौ रुपयों को पाकर और भी चिंतित हो गई थी। अब उसका मस्तिष्क किसी न किसी तरह इन्हीं से काम निबटाने की तरकीबें सोच रहा था। चौधराइन के व्यवहार ने उनके हृदय में अलग आग सुलगा दी थी, उनके यहाँ अपना एक भी आभूषण नहीं रखना चाहती थी।

घर पहुँचते ही उसने एक सौ रुपया तो मिठाई इत्यादि के लिए रख लिया और बाकी तीन सौ लेकर बीबी अमर कौर के पास पहुँची ताकि उससे कुछ और रुपया लेकर चौधराइन से गहने ले ले और उन्हें अमर कौर के पास रख दे। इस बात में तो अमर कौर को कोई आपत्ति न हो सकती थी, लेकिन जगत की माँ चाहती थी कि रुपए तो ले ले, पर गहने गौने के बाद ले, और इस बात पर अमर कौर का राजी होना जरा मुश्किल था। कारोबार के मामले में वह भी कम सख्त न थी। पर जगत की माँ तो निश्चय करके निकली थी कि जैसे भी होगा उसे मना लेगी। अमर कौर के दिल में भी अभी दया का सर्वथा लोप न हुआ था, इसलिए जगत की माँ के बहुत अनुनय-विनय करने पर वह मान गई। उसने इस शर्त पर रुपया दे दिया कि गौने के बाद गहने उसे मिल जाएँगे। अमर कौर से रुपए लेकर जगत की माँ ने चौधराइन से सब गहने ले लिए और खुशी-खुशी दूसरी तैयारियाँ करने लगी। संध्या को जब जगत नूर महल से आया, तब उसने देखा माँ का चेहरा खिला हुआ है।

निश्चित तारीख को मुहल्ले की स्त्रियों के सुहाने गीतों में बाजे-गाजे के साथ बारात रवाना हुई। जगत की माँ ने शेष सब प्रबंध कैसे किया, वह न पूछिए। अब पुत्र का घर बसाने के लिए वह घर-घर फिरी। अपने स्वाभिमान को भी उसने कुछ दिनों के लिए भुला दिया और किसी से बीस, किसी से तीस लेकर काम चलता किया। उसे आशा थी कि दहेज में कुछ

न कुछ जेवर अवश्य मिलेगा और सौ डेढ़ सौ न सही, इक्यावन रुपए तो विदा में अवश्य ही दिए जाएँगे। इससे छोटी-मोटी रकमें उतर जाएँगी। अमर कौर से जिन गहनों के बदले रुपया लाई है, वे उसे पहुँचा देगी। इस तरह सुगमता से सब काम हो जाएगा।

तीसरे दिन बारात आ गई। खुशी-खुशी जगत की माँ बहू लेने गई। पंडित जी के संबंध में पूछा तब मालूम हुआ कि शराबखाने में औंधे मुँह गिरे हुए हैं।

विवाह के गीत गाते-गाते मुहल्ले की स्त्रियाँ बहू को घर लाईं। सब रस्में भली-भाँति अदा की गईं। दहेज का सामान नीचे बैठक में रख दिया गया। बहू का सुंदर मुखड़ा देखकर सबके दिल खिल गए। कोई कहती, 'जगत पहले जन्म में मोतियों का दान करके आया है।' कोई कहती, 'चाँद का टुकड़ा ब्याह लाया है।' छोटी-छोटी लड़कियाँ बहू का मुँह देखने के लिए टूटी पड़ती थीं। घर में खूब चहल-पहल थी, किन्तु जगत की माँ इन सबसे अलग एक कोने में एक व्यक्ति से धीरे-धीरे कुछ पूछ रही थी।

'तो क्या आपको कुछ भी मालूम नहीं है?'

'कुछ भी नही, जरा भी नहीं, मुझे किसी ने पता भी नहीं चलने दिया।'

'आप अगुआ थे।'

'वहाँ मुझे कौन पूछता था? अगुआ तो वहाँ मास्टर जी थे। मैं तो जैसे उनके हाथ की पुतली था।'

'तो क्या आपको बिदा की भेंट का भी पता नहीं। मिली भी या नहीं मिली?'

'मैं कहता हूँ, मुझे बिल्कुल पता नहीं। चाननराम वहाँ था ही कौन। सबकुछ तो मास्टर जी करते थे। मुझ तक तो किसी बात की गंध तक भी नहीं आई।'

माँ निराशा से सिर हिलाकर फिर काम में लग गईं। जिस आशा के आधार पर आज तक सबकुछ करती आई थी, वह आधार ही छिन गया।

उल्लास की जगह फिर विषाद ने ले ली। अंतर में दुख का पारावार छिपाए वह सब काम करने लगी। पंडित जी की मद्यपता के कारण उसने चाचा चाननराम के हाथ में ही विवाह का सब काम सौंप दिया था। वे जगत के सगे चाचा तो न थे, पर जगत की माँ को उन पर पूरा भरोसा था। पर वहाँ उनको किसी ने पूछा भी नहीं। वहाँ जगत के एक मित्र, जो उसके साथ ही स्कूल में पढ़ाते थे, सब बातों के कर्ता-धर्ता थे। आपस में गुपचुप सब बातें होतीं और चाचा चाननराम के बिना पूछे ही सब तय हो जाता। मास्टर जी लड़की वालों से इस तरह घुल-मिल गए थे, जैसे उन्हीं में से एक हों। इधर लड़के वालों की ओर से भी वही काम करते। दहेज का दिखावा ही उन्होंने बंद करा दिया। हाँ इधर से बस गहने भिजवा दिए। पंडित जी की शादी में चाहे कुछ कुछ भाग न ले सकते हों, पर उसके खुशी में से किसी से पीछे नहीं रहना चाहते थे, इसलिए इन दिनों उन्हें अपने तन-बदन का भी होश न था। सुबह पीते थे, दोपहर पीते थे, शाम को पीते थे। उधर से क्या मिला, बिदा में कितने रुपए रखे गए, इस बात का किसी को भी पता न लग सका और चाचा चाननराम अगुवा होने का चाव दिल में लिए हुए ही वापस आ गए।

जगत की माँ प्रगट रूप में सब काम पूर्ववत् कर रही थी। परंतु उसका मस्तिष्क और मन तो कहीं और ही थे, हाँ, हाथ-पाँव अवश्य चलते हुए नजर आते थे। बड़े यत्न से उसने आशा का जो दुर्ग बनाया था, वह उसे ढहता हुआ प्रतीत हो रहा था। नींव हिल गई थी, दीवारों में दरार आ गई थी। अब गिरी। चेतनाहीन-सी, संज्ञाहीन सी वह सब काम कर रही थी। दो बार उसके हाथ से मिठाई की तश्तरी गिर पड़ी, लस्सी पीने लगी, तब दुपट्टे में ही गिरती गई। वह जाग रही थी या सो रही थी, उसे कुछ भी मालूम नहीं था।

संध्या को जब जगत ऊपर आया, तब एकांत में माँ ने सबकुछ पूछने का यत्न किया। किन्तु जगत ने साफतौर पर कुछ भी उत्तर ही नहीं दिया। पूछा, 'गहने कौन-कौन मिले?'

कहा, 'उसके पास ही हैं, जाकर देख लो।'

पूछा, 'विदा में क्या रखा था?'

कहा, 'मास्टर जी जानें या चाचा चाननराम।' और यह कहकर वह अंदर कमरे में चला गया। माँ वहीं खड़ी की खड़ी रह गई, और फिर सिर को दोनों हाथों से थामकर वहीं बैठ गई।

दूसरी सुबह बहू को अपने मैके जाना था। गौना यद्यपि साथ ही दे दिया गया था, पर प्रथा के अनुसार, दुल्हन का एक बार अपने माता-पिता के घर जाना आवश्यक था। रात को माँ ने एक-दो बार नीचे बैठक में आकर दहेज का सामान देखने की कोशिश की, पर हर बार मास्टर जी दरवाजे पर यम के दूत की भाँति बैठे दिखाई दिए। अपमान और तिरस्कार से वह जल उठी। सारी रात उसने छत पर घूम-घूमकर बिता दी और जब दिन चढ़ा, तब उसमें हिलने तक की शक्ति न थी। सारी रात वह पंडित जी की राह देखती रही थी, पर वे न आए थे। चाचा चाननराम को भी उसने दो बार बुलवा भेजा था, पर वे तो विवाह से आने के बाद ऐसे भागे कि सूरत ही न दिखाई। उस समय जगत की माँ अपने आपको स्वर्था असहाय और बेबस महसूस कर रही थी।

विद्युत् वेग से सब तैयारियाँ हो गईं। सबकुछ तो पहले से ही तय था। जगत की माँ को कुछ सुझाई न दे रहा था, उसका अंग-अंग शिथिल हो रहा था, फिर भी मशीन की भाँति सब काम किए जा रही थी। दूसरी स्त्रियों के साथ वह भी दुल्हिन को ताँगे पर चढ़ाने गई। उसने देखा, वह बड़ा सा ट्रंक, जिसमें दहेज का सब सामान, गहने कपड़े रखे थे, ताँगे पर रखा हुआ है। उसे एक वस्त्र तक देखना नसीब न हुआ।

जब ताँगा चलने लगा, तब जगत की माँ ने साहस बटोर कर कहा, 'कल ही गौना ले आना, इस अवसर पर ससुराल में अधिक नहीं अटका करते।'

बेपरवाही से जगत ने उत्तर दिया, 'मैं इधर न आ सकूँगा। मेरी छुट्टी

खत्म हो गई है। मुझे वहाँ से सीधे नौकरी पर जाना है। वहीं से सीधे नूरमहल चला जाऊँगा।'

ताँगा चल पड़ा। मास्टर जी ने धीरे से कहा, 'शुक्र है यह झंझट खत्म हुआ। भई रोगी का खाया, शराबी का कमाया एक बराबर होता है। हम तो तुम्हारे लाभ की ही बात कहेंगे। एक-दो बच्चे हो गए तो फिर क्या करोगे? शराबी के घर में इन गहनों की क्या बिसात है?'

माँ खड़ी की खड़ी रह गई, जैसे उसकी समस्त शक्तियाँ शिथिल हो गई हों। उसकी आँखों के सामने जैसे अंधेरा छा गया। वह देर तक वहीं खड़ी रही। जब ताँगा दृष्टि से औझल हो गया, तब चुपचाप चली आई। एक आह भी उसने नहीं भरी, एक निःश्वास भी उसने नहीं छोड़ा, जैसे प्राणों से भी प्रिय पुत्र की कृतघ्नता ने उसकी वेदना का गला घोंट दिया हो। बैठक में एक हल्का सा कौच का सेट रखा हुआ था। कोई बीस रुपए का होगा। बस, इतने परिश्रम से इतनी मेहनत के बाद उसे यह देखने को मिला। उस समय उसे महसूस हुआ, जैसे विपत्तियों के अथाह सागर में वह एकाकी गोते खाने के लिए छोड़ दी गई हो। जगत वापस न आएगा। वह अमर कौर को कौन से गहने देगी, लागियों का लाग कैसे देगी, मुहल्लेवालों की छोटी-छोटी रकमे कैसे भुगताएगी। जब वे सब उससे तकाजा करेंगे, तब वह क्या उत्तर देगी। जो कुछ आज तक नहीं हुआ, वह अब होकर रहेगा। उसे कितना अपमानित होना पड़ेगा। उसने अमर कौर से कहा था, 'हाथ की पाँचों अँगुलियाँ बराबर नहीं होती, संसार से दयानतदारी का खात्मा नहीं हो जाएगा।' अब वह उसे कैसे मुँह दिखाएगी? इस बेशरमी से तो मृत्यु अच्छी। माँ की आँखों के सामने अंधेरा छा गया। सहसा उसे एक ख्याल आया पंडित जी की अलमारी में अफीम की एक डिबिया रक्खी रहती थी। जब शराब के लिए पैसे नहीं होते थे, वे अफीम से ही काम चला लेते थे। उसने बढ़कर डिबिया उठा ली। उसे खोला, खिल उठी, जैसे उसे विष नहीं, जीवनामृत मिल गया हो। एक बार ही सारी की सारी अफीम डिबिया से निकालकर उसने मुँह में रख

ली और कौच में धँस गई। जीवन के सब दुख, सारी विपत्तियाँ, समस्त हारें एक-एक करके उसकी आँखों के सामने घूमने लगीं। एक विचित्र प्रकार की तंद्रा उसकी आँखों पर छाने लगी। उस समय बाहर से गाने की आवाज आई, वही चित-परिचित, जानी-पहचानी, सुरीली तान :

शामा मेरे अवगुण चित न धरो।

और दूसरे क्षण बगल में पगड़ी दबाए झूमते-झामते पंडित जी बैठक में दाखिल हुए।

---

1. सौकनमोहरा, सोने का एक पत्र होता है, जिस पर पहली पत्नी का नाम खुदा होता है। दूसरी शादी के समय यह नई पत्नी के गले में पहनाया जाता है।

पत्नीव्रत

निर्विकार रूप से गोविन्द ने आकर लक्ष्मी की चारपाई के इर्द-गिर्द पर्दे लगा दिए, पर्दे जो लकड़ी के फ्रेम में सफेद कपड़ा लगाकर बनाए गए थे। इच्छानुसार खोल लिए जाते थे और फिर बंद करके दीवार के साथ रख दिए जाते थे। तब मिस सुलताना और मिस बैटी अपने हलके चपल पैरों से तेज-तेज चलती आई और फिर डॉक्टर अपनी सौम्य और गंभीर आकृति के लिए, अपने भारी कदमों को धीरे-धीरे रखते हुए उन पर्दों के अंदर चले गए।

कुछ क्षण तक निस्तब्धता छाई रही। केवल छत पर लगे हुए सफेद परों वाले पंखे अपनी अविच्छिन्न गति से चलते रहे और जून की तपती दुपहरी अपने अर्धनिमीलित नेत्रों से प्रमाद की हालत में चुपचाप पड़ी रही।

तभी पर्दे के पीछे से कुछ उखड़ी-उखड़ी साँसों की आवाज आई, फिर लक्ष्मी के उखड़े-उखड़े शब्द, और फिर सुलताना का दीर्घ निःश्वास। तब डॉक्टर ने कहा, 'स्ट्रेचर ले आओ।' और यह कह कर पर्दे के पीछे से निकलकर वे जैसे आए थे, वैसे ही चले गए। तब रूमाल से आँखें पोंछती हुई मिस सुलताना निकली। दूसरी बीमार स्त्रियाँ उत्सुक नजरों से उधर ही ताक रही थी। उसके निकलते ही रशीदा ने पूछा, 'क्यों?'

'खत्म हो गई।' भरे गले से सुलताना ने उत्तर दिया।

'आखिरी वक्त क्या कहती थी?' सुरती बोली।

'सिर्फ एक बार खन्ना साहब को याद किया और बस,' और यह कहकर आँसू पोंछती हुई वह जल्दी-जल्दी स्ट्रैचर लेने चली गई।

लक्ष्मी अपने पति को खन्ना साहब कहकर पुकारती थी। लाहौर ही

में वे नौकर थे। हर सातवें दिन नियमित रूप से लक्ष्मी को देखने आते थे। कोई इतने खूबसूरत तो न थे, पर ऐसे भी नहीं कि बदसूरत कहे जा सकें। आँखों में उनकी कुछ ऐसी बात थी कि आदमी अनायास ही उनकी ओर खींच जाता था और फिर इतनी बातें करते थे, इतने कहकहे लगाते थे कि जब वे आ जाते तो अस्पताल के इस नीरव, निस्तब्ध वातावरण में जीवन आ जाता। लक्ष्मी ही उनकी आने की प्रतीक्षा करती हो यह बात न थी। उस बड़े खुले कमरे में, लोहे की निर्मम चारपाइयों पर लेटी हुई, बुखार, टैम्प्रेचर, दवाई परहेज की बातें सुनते आजिज आई हुई स्त्रियाँ प्रति सप्ताह उनके आने की प्रतीक्षा किया करती। वे बातें चाहे अपने संबंधियों से करती हों, पर कान तो उनके उधर ही लगे रहते। और लक्ष्मी वह तो न जाने यह सात दिन कैसे बिताती थी? हँसती थी, दूसरों को हँसाती थी। पर इन तमाम हँसी-कहकहों में पति की प्रतीक्षा जैसे हृदय के किसी अज्ञात स्तर के नीचे दबी पड़ी रहती थी और शायद वह हँसी कहकहे अस्पताल में एक बार उदय होकर फिर अस्त होने का नाम ही न लेने वाले दिनों को काटने का साधन मात्र ही थे। आज ही जब वह इस घातक रोग से ग्रसित थी, उसे अपने पति के प्रति इतना मोह पैदा हो उठा हो, यह बात नहीं, उसी दिन जब विवाह के बाद एक महीना ससुराल में गुजारकर वह अपने मैके पहुँची थी, तो उसकी सहेलियों ने जान लिया था कि बस्ती की आजाद फिजा में स्वतंत्र खेलने वाली भोली-भाली अब स्नेह की जंजीरों में बंध गई है।

हर तरफ से उसे घेरकर जब सहेलियाँ बैठ गई थी, तो गर्व से उसने कहा था, 'उनकी बात पूछती हो, वे तो मुझे पल भर भी आँखों से औझल नहीं होने देते, कितनी देर मेरी ओर देखते रहते हैं' उसका चेहरा लाल हो गया था। और सहेलियों के अनुरोध पर गुलाब बनकर उसने कहा था, 'कहते हैं कि तुम तो स्वर्ग की देवी हो, मैं तुम्हारी पूजा करता हूँ।'

शीला की ईर्ष्या-युक्त आँखों ने तब देखा था कि उसका यह कथन सहज अपने पति की प्रशंसा करनेवाले नारी स्वभाव का ही द्योतक नहीं,

वरन उस गहरे अनुभव का परिचायक है, जिसका समर्थन उसका अंग-अंग कर रहा था। तब अपने पति की अन्यमनस्कता का ध्यान आने पर उसके हृदय से दीर्घ निःश्वास निकल गया था।

सावित्री ने अपनी ईर्ष्या का प्रदर्शन एक दूसरे ही ढंग से किया था, खिसियानी हँसी के साथ बोली थी, 'हाँ बहन, उन्हें प्रेम क्यों न होगा, एक बार हाथ से गँवाकर ही आदमी चीज की कदर करता है।'

इस वाक्य में जो व्यंग्य था, उसकी ओर ध्यान दिए बिना अपने उल्लास की रौ में सरला लक्ष्मी ने अपनी सहेलियों को अपने इस एक महीने के वैवाहिक जीवन की अनेकों कहानियाँ सुना डाली थीं, किस प्रकार उसके पति उस पर जान छिड़कते हैं, उसे आँखों से ओझल तक करना पसंद नहीं करते। दफ्तर में भी जाने कैसे समय बिताते हैं। पहली पत्नी, वे कहते हैं, वह तो गँवार और मूर्ख थी, तुम्हें पाकर तो मैं धन्य हो गया हूँ।

तारा ने तब हँसते हुए कहा था, 'सास को भला यह सब कैसे भाता होगा?'

'दिल की तो उनके मैं क्या जानूँ बहन।' लक्ष्मी ने कहा था, 'पर मीठी तो वे ऐसी हैं जैसे मिश्री, बोलती हैं तो रस घोल देती हैं। मेरी तो आदत तुम जानती हो, सोते-सोते धूप चढ़ जाती है, इस पर बुरा कभी उन्होंने नहीं माना। स्वयं वे प्रातः चार बजे उठकर, नहा-धो, पूजा-पाठ कर घर का सब काम समाप्त कर देती हैं। मैं कुछ करने की कोशिश भी करूँ तो कहती हैं, तुम्हें ही तो करना है बहू, मैं कब तक बैठी रहूँगी।'

और उस दिन बस्ती में लक्ष्मी की कर्तव्य-परायणा सास और पति की कहानी घर-घर फैल गई। विवाहिता स्त्रियों ने प्रार्थना की कि उनके पति और सासें भी ऐसी ही बन जाएँ और कुँआरी लड़कियों ने दिल ही दिल में कहा, भगवान हमें भी ऐसा ही वर-घर देना।

रबड़ के पहियों वाला स्ट्रैचर किसी आवाज के बिना धीरे-धीरे पूर्व के दरवाजे से दाखिल हुआ। गोविंद उसे धकेल रहा था और मिस सुलताना चुपचाप उसके साथ चली आ रही थी। सदैव हँसने वाला उसका चेहरा

उतरा हुआ था, जैसे कि उसके ही किसी आत्मीय की मृत्यु हो गई हो। मौतें अस्पताल में नित्य ही होती रहती हैं, और इन्हें देखते-देखते अस्पताल के कर्मचारी उनके अभ्यस्त हो जाते हैं, अविचलित भाव से काम किए जाते हैं, पर लक्ष्मी से सुलताना को कुछ खास प्रेम हो गया था। सुलताना ही क्या, सबको स्नेह हो गया था। अपने वैवाहिक जीवन की कितनी घटनाएँ और फिर किस सरलता ने उसने सुनाई थी। सास के संबंध में उसने जो इतना ऊँचा ख्याल बना रखा था, उसे टूटते देर न लगी। खन्ना साहब तब नौकर न हुए थे, पर नीति से काम लेना जानते थे। माँ के सामने चुप रहते पर एकांत में कहते, 'लक्ष्मी इन सारे कसूरों के लिए मैं तुमसे माफी माँगता हूँ। और तब सास की झिड़कियाँ, ताने, गालियाँ सब उसे भूल जातीं और पति में उसकी श्रद्धा और भी कई गुणा बढ़ जाती। वे साथ हैं तो फिर संसार भी क्यों न विरूद्ध हो जाए, वह सब विरोध हँसती हुई झेल लेगी। मन न होते हुए भी तब उसने सास को खुश करने के लिए भगवती दुर्गा की आराधना करना सीखा, अपने प्रसाद को छोड़ उसने काम करने की आदत डाली। किन्तु सास के तेवर न उतरे। उसकी झिड़कियाँ ताने, गालियाँ जारी रही, पर लक्ष्मी ने हँसकर सब कुछ सहना सीख लिया था। हाँ, एक बार जब जलता हुआ घी गिर जाने से उसके हाथ जल गए थे और अभी आराम भी न हो पाया था कि उसकी सास ने भारी-सी कपड़ों की गठरी धोने के लिए उसके आगे रख दी तो सदैव हँसने वाली उसकी आँखें रो दी थी। कपड़े धोते-धोते उसके छाले फूट गए थे, तब अंदर आकर वह खूब जी भरकर रोई थी और जब खन्ना साहब आए तो उसने कहा था, 'मुझे इस नरक से छुटकारा दिलाओ। माँ अगर धनवान है तो, क्या इसीलिए इस नरक की यातना सहते जाएँ। मुझे तुम्हारे साथ रूखी रोटी पसंद है, पर यह अन्याय तो अब नहीं सहा जाता।'

खन्ना साहब ने तब उसे धीरज बंधाया था और भविष्य की कल्पनाओं का ठण्डा फाहा उसके जलते हृदय पर रख दिया था, जब वे नौकर हो जाएँगे, तो उसे अपने साथ लाहौर ले जाएँगे, माँ तो नवाँशहर

में ही रहेगी और वहाँ लाहौर में अनारकली, माल, सिनेमा, तमाशे, नुमाइशें और इन्हीं सुखद कल्पनाओं में खोकर वह अपने हाथों का दर्द, दिल का दर्द, सब भूल गई थी, पर क्रूर विधाता! जब वह दिन आया, खन्ना साहब लाहौर में ही सिविल सेक्रेटरियट में मुलाजिम हो गए, तो वह यक्ष्मा जैसे घातक रोग से ग्रसित हो गई।

धीरे-धीरे चलता हुआ स्ट्रेचर पर्दे के पीछे पहुँचा और कुछ देर बाद श्वेत चादर में लिपटा हुआ हड्डियों का एक ढाँचा लेकर दोनों ओर बिछी हुई बीमार स्त्रियों की चारपाइयों में होता हुआ पश्चिम के दरवाजे से बाहर चला गया। डॉक्टर साहब बरामदे में ही खड़े थे। वहीं से उन्होंने कहा, 'मुर्दाखाने में ले जाकर रखो, तब तक खन्ना साहब आ जाएँगे। लहनासिंह तो कब का गया हुआ है।'

निमिषमात्र के लिए बीमार स्त्रियों के हृदय धड़क उठे। सबकी आँखों में लक्ष्मी का क्षीण, दिक से चूसा हुआ शरीर, मौत की उस श्वेत चादर में लिपटा, भर गया। यक्ष्मा में ग्ररित उन सबका भी तो आखिर यही अंजाम होना है। मौत से कहीं भयानक है। अपनी ही जैसी बीमारी से किसी को मरते देखना और स्वयं तिलमिल करके मरना। कुछ अंधेरा सा बहुतों की आँखों के सामने छा गया। और कुछ आँसू आ गए।

पर्दे के पीछे से निकलकर मिस बैटी गुसलखाने में हाथ साफ करने चली गई और तब सदैव दयामयी, सदैव दूसरों का दर्द बटाने वाली मिस सुलताना ने इस कठिन वातावरण को कुछ हलका करने का प्रयास किया। सदैव ऐसा होता था, सदैव जब कोई रूग्णा इस भयानक रोग के हाथों मुक्ति प्राप्त करती थी और कमरे में मौत की कठिन उदास निस्तब्धता छा जाती थी, तो सुलताना अपनी मुस्कराहट, अपने मीठे, सान्त्वना भरे स्वर, अपनी दिलचस्प बातों, विचित्र किस्सों से उसे दूर करने का प्रयास किया करती थी। एक-डेढ़ वर्ष से लक्ष्मी भी उसका साथ देती आई थी, पर आज वह स्वयं मौत की गहरी निस्तब्धता में समा गई थी। घड़ी ने टन-टन दो बजाए। टैम्प्रेचर लेने का समय आ गया था। दिल में उठती हुई रुलाई को

बरबस रोककर, दवाई में पड़े हुए थर्मामीटर को उठा, झटका देकर मुस्कराने का प्रयास करते हुए वह रशीदा की चारपाई के पास पहुँची, पर आज प्राणार्पण से कोशिश करने पर भी वह लक्ष्मी की मौत को अपनी हँसी से यूँ न टाल सकी।

रशीदा ने कहा, 'मिस साहब, लक्ष्मी भी चली गई।'

थर्मामीटर को रशीदा की जिह्वा के नीचे रखकर सुलताना ने एक दीर्घ निःश्वास छोड़ा और नब्ज की गति देखने के लिए उसकी कलाई हाथ में ली।

सुरती ने कहा, 'अंतिम समय तक अपने पति का नाम उसकी जबान पर रहा। क्यों मिस साहब, खन्ना भी उससे उतना ही प्यार करते होंगे।'

'होंगे क्या, करते हैं।' सुलताना ने रशीदा की कलाई छोड़कर कहा, 'लक्ष्मी को तो मरना ही इसीलिए सुगम हो गया। मैं तो सोचती हूँ कि मुहब्बत करने वाले पति जिस सौभाग्यवती के पास हैं, मौत उसे कोई भी कष्ट नहीं पहुँचा सकती। बेहोश होने के कुछ देर पहले जब उसे मालूम हो गया कि उसका अंतिम समय बस अब निकट ही है, तो मुझसे उसने कहा था, ''मिस साहब, जाने वे क्यों नहीं आए? इस बार तो उन्हें दो सप्ताह हो गए। इस समय इच्छा होती है, काश वे मेरे पास होते।' फिर स्वयं ही हँसकर बोली, 'मिस साहब, मैं भी कितनी मूर्ख हूँ? वह न भी आएँ तो भी क्या वे मुझसे दूर हैं? मेरे दिल में तो हर वक्त उनकी तस्वीर रहती है! और मैं भी उनसे कौन दूर हूँ। कई बार तो उन्होंने कहा है, ''लक्ष्मी तुम तो हर वक्त मेरे पास रहती हो। कई बार काम करते-करते तुम्हारा ख्याल आ जाने से गलती हो जाती है।'' इसके बाद वह बेहोश हो गई थी। मरते समय भी जब क्षणभर के लिए उसकी बेहोशी टूटी तो अपने पति का नाम उसके मुँह पर था।'

यह कहते हुए भीगी आँखों को पोंछ, घड़ी पर दृष्टि डाल सुलताना ने थर्मामीटर रशीदा के मुँह से निकाल लिया और हरारत देखकर नोट करने के लिए चार्ट उठाया।

सुरती ने कहा, 'पर मिस साहब, यह गहनों की क्या बात थी? जब भी खन्ना साहब आते थे इनका जिक्र अवश्य छिड़ता था। जब से गहने ले गए, बस एक बार ही तो फिर आए हैं।'

थर्मामीटर को दवाई में डाल और दूसरा उठाकर सुरती को देते हुए सुलताना ने कहा, 'मैंने पूछा नहीं, पर जब लक्ष्मी आई थी तो सब गहने अपने साथ ले आई थी। सास नहीं चाहती थी कि वह एक भी गहना ले जाए। आखिर इस अस्पताल में इतने गहनों की आवश्यकता भी क्या? गोखड़ू, गुलूबंद, डियॉ, माला, लॉकेट, कोई एक गहना हो तो बात है। सब ही गहने ले आई थी। जाने क्यों उसे गहनों से इतना मोह था। सास तो कभी न ले जाने देती, पर खन्ना साहब अपनी माँ को समझा-बुझाकर ले आए थे। लक्ष्मी का शरीर दिनोंदिन क्षीण होता जाता था। जब चूड़ियाँ हाथों से निकल निकल पड़ने लगीं, और गर्दन की हड्डियों में माला तक का बोझ उठाने की शक्ति तक न रही, तो उसने उसे बांधकर सिरहाने रख लिया। इसलिए गहनों की बात चला करती थी। आखिर खन्ना साहब के कहने पर मैंने एक दिन समझाया कि गहने तुम्हारे ही नाम बैंक में जमा कराए जा सकते हैं, तब कहीं उसने गहने दिए। यही एक बात लक्ष्मी में मुझे विचित्र लगी। जाने गहनों के ही सहारे वह अपने आपको जीवित देखती थी!'

सुरती की जिह्वा थर्मामीटर से दुखने लगी थी। आखिर उसने स्वयं उसे निकालकर मिस सुलताना को दिया। चौंककर सुलताना ने थर्मामीटर ले लिया और टैम्प्रेचर देखने लगी।

सुरती ने कहा, 'यह तो ठीक है मिस साहब, पर गहने लेने के बाद खन्ना साहब ने प्रति सप्ताह आना क्यों छोड़ दिया? दो सप्ताह हो गए उन्हें आए हुए।'

रशीदा बोली, 'बीमार न हो गए हों, नहीं तो गर्मी-सर्दी, वर्षा-धूप उन्होंने किसी बात का ख्याल नहीं किया। बाकायदा प्रति सप्ताह आते रहे और मैं तो सोचती हूँ मिस साहब लक्ष्मी की मौत की खबर सुनकर उनके

दिल पर क्या गुजरेगी, अपनी बीबी से किसी को ही ऐसी मुहब्बत होगी।'

तभी शायद स्ट्रेचर मुर्दाखाने में पहुँचाकर गोविन्द वापस आया और उसके पीछे-पीछे डॉक्टर भी आए। पर्दे के पास पहुँचकर गोविन्द ने पूछा, 'कपड़ों को लपेट दूँ डॉक्टर साहब?'

डॉक्टर साहब उसके पास जाकर खड़े हो गए, 'नहीं,' उन्होंने कहा, 'अस्पताल की चादरों को डिसइन्फेक्टर में डाल दो और शेष सब सामान रख दो। अभी शायद खन्ना साहब या उनका आदमी आ जाए। हाँ गद्दे को बाहर धूप में डाल दो।'

तभी बरामदे के पास सीढ़ियों पर साइकिल फेंक कर हाँफता-हाँफता पसीने से तर लहना सिंह अंदर आया। डॉक्टर साहब ने आगे बढ़कर पूछा, 'कहो, खन्ना साहब मिले, स्वस्थ तो हैं?'

लहना सिंह ने सिर हिलाया। साँस उसकी फूल रही थी, जवाब न बन पड़ता था।

जरा सख्ती से डॉक्टर ने पूछा, 'मिले या नहीं? कहा नहीं तुमने कि लाश को आज शाम से पहले ही ले जाएँ।'

थूक निगलकर लहना सिंह ने कहा, 'वे तो शादी करने अपने घर चले गए हैं।'

ठन-ठन करता चार्ट मिस सुलताना के हाथ से फर्श पर गिर पड़ा और रशीदा ने जैसे चीख कर कहा, 'मिस साहब, मिस साहब!!'

जीवन

मई की तपती दुपहर में तीनों नगर से बाहर, बहुत दूर, माल को पार करके लारेंस रोड पर, चुपचाप चले जा रहे थे : चंदा की माँ, चंदा और उसका पति।

चंदा की माँ सोच रही थी, "संसार में किसके दिन एक जैसे रहे, जो हमारे रहते? चढ़ना-गिरना यह तो मनुष्य के साथ लगा ही हुआ है, और फिर मनुष्य चढ़ने-गिरने वाला कौन है? यह तो वही सर्वशक्तिमान खिलाड़ी है, जो चाहता है तो अपने खिलौनों को उत्थान के शिखर पर चढ़ा देता है, चाहता है तो पतन की गहराई में फेंक देता है। फिर दुःख कैसा?"

और यह सोच-सोच वह अपने मन को धीरज बंधाती चली जा रही थी। प्रायः ऐसा होता था, प्रायः वह ऐसे ही अपने दुःखी मन में उठते हुए उद्वेग को दबाने का यत्न किया करती थी, पर मन न मानता था और अब भी जब इस चिलचिलाती धूप में सिर का पसीना पाँवों पर से बह रहा था, सड़क पर देखने को भी वृक्ष न था और आगे कठिन मंजिल बाकी थी, उसके मन में कई तरह के विचार उठ रहे थे, "खिलाड़ी को सुख-दुःख का खेल देखना है तो, शौक से देखे, पर दुःख देने के बाद सुख देकर भी तो वह यह खेल देख सकता है। पहले सुख देने के बाद फिर दुःख के कोल्हू में पीस डालना, कितना बड़ा दण्ड है, कितनी बड़ी यंत्रणा है! ऐसा करने के बदले वह मनुष्य को उठा ही क्यों नहीं लेता?" पर यहीं जैसे उसे अपने प्रश्न का उत्तर मिल जाता - यदि वह मनुष्य ही को उठा ले तो पिछले जन्म में उसने जो कर्म किए हैं, उन्हें कौन भोगे? कई बार दुःख से विह्वल होकर उसने मृत्यु का आह्वान किया था, पर मृत्यु यों तो न आएगी। जब तक

पूर्व जन्म के दुष्कर्मों का शतांश भी बाकी है कोई नहीं मर सकता। तो फिर उसे ही कैसे मौत आ जाती? पाँच-पाँच बच्चों को जन्म देकर उसने अपने हाथों श्मशान की ठंडी गोद में जा सुलाया, बढ़ा-चढ़ा कारोबार अपने सामने बर्बाद होते देखा, जिन संबंधियों को रक्त पिलाकर पाला था, उनके डंक सहे और बेघर-बेदर होने के बाद पति की यह दुर्दशा! चंदा की माँ ने एक दीर्घ निःश्वास छोड़ा, "जाने अभी कितना दुःख भोगना बदा है, कौन से कर्मों का फल भोगना शेष है"।

एक बंगले की दीवार की छाया में चंदा की माँ रुकी। मैले दुपट्टे के आँचल से गरदन पर निचुड़ते हुए पसीने को हवा करते हुए उसने एक दीर्घ निःश्वास छोड़ा। चंदा और उसका पति भी उसके पास जा खड़े हुए। कुछ क्षण तक तीनों चुपचाप अपने विचारों में निमग्न खड़े रहे और फिर चुपचाप चल पड़े।

चंदा को माँ पर गुस्सा था, बहुत गुस्सा। पिता को इतना बड़ा कष्ट हो और लड़की को पता तक न दिया जाए! बचपन के उल्लास भरे दिन, जिनमें केवल एक ही चीज, पिता का अपार स्नेह स्मृति के आकाश पर उज्ज्वल नक्षत्र की भाँति चमकता था, उसकी आँखों के सामने फिर गए। भोगपुर में उसके पिता का ईंटों का भट्टा था। खूब चलता था, गाँव में उसकी अच्छी प्रतिष्ठा थी, वह तब बहुत छोटी थी, इतने बच्चों के बाद तरस-तरस कर हासिल की गई माँ-बाप की इकलौती संतान। पिता उसे गोद में उठाए फिरते थे। तब भोगपुर के चो[1] पर रेलवे लाइन का पुल बना हुआ था। बरसात के दिनों में जब पहाड़ों पर वर्षा होती, तब जैसे अपनी खोई जवानी पाकर यह चो मस्त, अलबेली चाल से बहने लगता और प्रायः रेलवे लाइन को बहा ले जाता, तब उसके उन्मत्त नर्तन को देखकर शीला मुग्ध हो जाती और ट्रांसमिशन देखने में तो उसे विशेष आनंद आता। जब भी लाइन बह जाती, वह अपने पिता को चो पर चलने के लिए विवश कर देती। बड़े चाव से देखती कि किस प्रकार यात्री उस पार खड़ी हुई गाड़ी

से उतर कर सिर पर गठड़ियाँ उठाए और पाजामे तथा धोतियाँ संभालते गुट बांध-बांध कर चो पार करके इस ओर खड़ी गाड़ी पर सवार होते हैं।

दुपहर को बरगद के घने वृक्ष की छाया में बैठे वे हिसाब-किताब देख रहे होते। वह खेलती-खेलती आ जाती, उनके रजिस्टर उठाकर फेंक देती, उनकी गोद में चढ़ जाती और मचल उठती कि ठंडी-ठंडी हवा में शीशम के घने वृक्षों के नीचे उसके साथ खेला जाए। उसके पिता चुपचाप उठकर लम्बी सड़क पर वृक्षों की छाया में खेलने लग जाते। ऐसे मौकों पर सदैव उनके होंठों पर गंभीर मुस्कुराहट खेल जाती और हँस कर वे कहा करते केवल यही एक वाक्य : 'तुम बहुत तंग करती हो चंदा!'

इसके बाद यद्यपि हालात धीरे-धीरे बदलते गए, बड़े भाई और मामा के लड़कों की स्वार्थप्रियता और कृतघ्नता के कारण यद्यपि कई बार उन्हें अपना काम बंद करके विदेश में जाना पड़ा, तो भी चंदा के पास उन्होंने दुख की छाया तक न फटकने दी। उसे याद था कि जब वे पाठशाला जाती थी तो उसके पास इतने गहने थे, जितने नव-विवाहिता बधुओं के पास भी नहीं होते। उसे वह दिन भी याद था, जब उसके विवाह के अवसर पर उसके पिता ने पर्याप्त धन न होने के कारण अपना चलता-चलाता भट्टा बड़े भाई के पास बेच दिया था और इस बुढ़ापे की हालत में बेकारी के भयानक अजगर का ग्रास बनना स्वीकार किया था।

वही उसके पिता जब इतने बीमार हुए कि अपने होशो-हवास तक को खो बैठे, तो उसे पता तक न दिया गया। वह अपने पति के साथ लाहौर की दिलचस्पियों का आनंद उड़ाती रही और उसके पिता... सोचते-सोचते उसका गला भर आया। उसने अपनी माँ की ओर देखा, जर्जर शरीर, प्रायः ज्योतिहीन आँखें, मैले कपड़े, घिसी हुई एड़ी का जूता लिए जैसे मुसीबतों के भार से झुकी हुई अपने आप में खोई चली जा रही थी।

चंदा ने पूछा, 'माँ अब उन्हें होश है क्या?'

माँ जैसे सोते-सोते जागी, 'हाँ पिछली बार जब मैं गई थी तो उन्हें

आदमियों की पहचान थी।'

चंदा ने फिर पूछा, 'और माँ, उनसे काम तो कराया नहीं जाता?'

'नहीं बच्ची ये काम करते ही नहीं, चौकीदार ही उस दिन कह रहा था कि और सब काम करते हैं, पर पंडित काम नहीं करते, सारा-सारा दिन पूजा पाठ में बिता देते हैं।'

'और माँ उनकी सेहत कैसी है?'

'पहले से तो अच्छी ही दीखी बेटी।'

एक बंगले के फाटक के पास लगे हुए एक वृक्ष पर घनी बेल चढ़ी हुई थी, और उसमें लाल-लाल फूल भी लगे थे। जैसे किसी पूर्व निश्चय से तीनों जरा सुस्ताने के लिए उसकी छाया में चले गए।

चंदा का पति सूट और हैट पहने था, स्वयं चंदा भी एक सुंदर साड़ी में आवृत थी, इसलिए थके होने पर भी वे बैठने का साहस न कर सके, पर माँ को तो ऐसा संकोच न था और उसकी श्रांत थकी देह, हाथ का बर्तन धरती पर रखकर वहीं गर्म धूल पर वह बैठ गई।

चंदा के पति ने दबी निगाह से अपनी सास की ओर देखा। गर्द से अटे हुए रूखे शुष्क बाल, लटकते हुए पपोटे, ढीली झुर्रियाँ, कठोर हाथ-पाँव, और जैसे दुख और काम के आधिक्य से काला पड़ा हुआ चेहरा। उसने बरबस एक दीर्घ निःश्वास को निकल पड़ने से रोक लिया, और उसकी आँखों के सामने पिछले कई वर्ष क्षणों की भाँति घूम गए। विवाह से पहले ससुराल के संबंध में, वहाँ के व्यवहार के संबंध में, उसने कितनी मधुर कल्पनाओं के गढ़ बनाए थे, सास का माँ से भी अधिक गहरा स्निग्ध, खुला प्रेम, अपने दामाद की प्रशंसा करते समय गर्व से खिला हुआ मुख, खाते-खिलाते समय के अनुरोध, मीठी झिड़कियाँ, और ताने : कैसी-कैसी सुखद कल्पनाओं में वह बसा करता था। पर कितनी जल्दी वे प्रासाद ढह गए! विवाह के दिन ही उसने महसूस किया था, जैसे वातावरण कुछ कठिन-कठिन सा है। बारात को खाना अच्छा खिलाया गया

था। दहेज भी पर्याप्त दिया गया था, और दूसरे व्यवहार में भी कोई त्रुटि न आने दी गई थी, पर तो भी उसे प्रतीत होता था जैसे कहीं कुछ बोझीलापन अवश्य है और व्यवहार में शिष्टाचार की, तकल्लुफ की मात्रा अधिक है। सास को उसने देखा दबी-दबी, घुटी-घुटी, डरी-डरी और ससुर को उसने पाया गुपचुप, गंभीर, खोया-खोया-सा। बस एक बार जब विदाई का समय आया और चंदा ऊँचे रोकर अपने पिता के गले से चिमट गई तो उस सौम्य गंभीर व्यक्ति के चेहरे पर उसने करुण हँसी देखी थी और सुना था, "हैं, बचपना न करो, बस बस, चलो अब बैठो ताँगे में।"

सोचते-सोचते चेतन के अंतर से एक लंबी साँस निकल गई। उसकी सास उठ खड़ी हुई और तीनों चलने लगे। लारेंस रोड खत्म हो गई थी और जेल रोड आ गई थी। तीनों चुप-चुप उस पर हो लिए। चेतन फिर अतीत के पृष्ठों में गुम हो गया।

विवाह के बाद वह एक-दो बार ससुराल गया था, तो भी यद्यपि खातिरदारी उसे बहुत मिली पर सौहार्द का उसमें अभाव ही पाया और आखिर एक दिन उसे इसका कारण भी मालूम हो गया। चंदा ने हाथ जोड़कर रुंधे गले से उसे सबकुछ बता दिया था और प्रार्थना की थी कि वह उसके माता-पिता को क्षमा कर दे। उसने अपने पिता के अच्छे दिनों का चित्र खींचते हुए उसे बताया कि जो कुछ उनके पास था, उन्होंने विवाह में लगा दिया और अब उनके पास न अपना मकान है न दुकान। और भट्टे पर भी अब उन्हें कोई अधिकार नहीं, इसलिए वे अब उनसे बात करते शरमाते हैं।

चेतन को जाने क्यों अपने ससुर पर कुछ हमदर्दी सी रही थी। उनके चेहरे पर कुछ ऐसी करुणा थी कि उसने जब महसूस किया कि मेरे आने से उन्हें कष्ट होता है उसने ससुराल जाना कम कर दिया, बल्कि चंदा को भी उसने अधिकतर लाहौर ही रखा। पहले तो वह कभी जाता भी, पर इधर एक वर्ष से वह गया ही न था। तभी एक दिन अचानक उसने चंदा से सुना कि उसका ससुर पागल हो गया है और लाहौर के पागलखाने में

बंद है और उसकी सास एक सेठ के घर रसोई का काम करके जीवन के दिन बिता रही है।

उसे याद है, वह अवाक् खड़ा रह गया था और उस आशाओं के गढ़ ढह गए थे, पर उनके खंडहर तक मिट जाएँगे, ऐसा उसने कभी न सोचा था।

चंदा की एक बचपन की सहेली भी लाहौर में रहती थी। वह अपने मैके होकर आई तो शीला भी अपने माँ-बाप की खबर लेने उसके पास पहुँची, तभी उसे यह सबकुछ मालूम हुआ। नाक-भौं सिकोड़ते हुए उसकी सहेली ने कहा था, 'तुम भी अच्छी हो। वहाँ तुम्हारा पिता पड़ा पागलखाने में सड़ रहा है और तुम खबर तक लेने नहीं गई! बस्ती में तो काँव-काँव हो रही है।'

और उसी दिन चंदा ने चेतन से रोकर कहा था, 'मुझे मेरी माँ से मिला दो, मैं उससे सब हाल पूछना चाहती हूँ' और उसी शाम जरा अंधेरा होते ही चेतन उसे लेकर सेठ के यहाँ पहुँचा था। चंदा की माँ से मिलने पर दोनों ने उससे अनुरोध किया कि वह यह नौकरी छोड़कर उनके यहाँ रहे। आखिर दामाद में और उनके अपने पुत्र में अंतर ही क्या है? पर वह न मानी और जब उसने बताया कि भाई के हाथों अपमानित होने से उन्होंने कुछ अंट-संट बकना शुरू कर दिया, शायद हाथ भी उठाया था और इसी पर निर्दयी भाई ने उन्हें पागलखाने में डलवा दिया, नहीं तो कोई ऐसे पागल तो वे हैं नहीं, तब दोनों को सांत्वना मिली थी।

गली के मद्धम प्रकाश में दीवार के सहारे सटे हुए कुछ अंधेरे में वे खड़े थे। चेतन को अपनी सास पर, अपनी पत्नी पर और सबसे बढ़कर स्वयं अपने आप पर दया हो आई थी। तब यह किया गया कि यदि उन्हें होश हुआ तो डॉक्टर साहब से मिलकर उन्हें पागलखाने से निकलवा लेंगे और एक अलग मकान लेकर उन्हें वहाँ रखेंगे, और चंदा की माँ भी वहीं रहेगी और यह बात वह मान भी गई। यही कारण था कि आज इस तपती दुपहरी में पागलखाने को जा रहे थे।

चेतन ने एक दीर्घ निःश्वास छोड़ा। अपनी सास के विरूद्ध, सास क्या पुराने रस्म-रिवाज के विरूद्ध उसका हृदय एक तीव्र घृणा से भर आया। ताँगे पर चलने के लिए चंदा की माँ भी तैयार नहीं हुई थी। शायद उसके पास पैसे न थे या थे तो वे सब उसने अपने पति के लिए बादामों की गिरियाँ, मिश्री और दूध लेने में खर्च कर दिए थे और लड़की का पैसा लेना चूँकि पाप ठहरा, इसलिए इस कयामत की धूप में तीन मील चलकर वे आए थे।

पागलखाने के बाहर छोटे से बगीचे में तीनों बैठ गए। अभी फाटक खुलने में देर थी और डॉक्टर, जिससे मिलने का इरादा चेतनराम का था, वह अभी आया न था। इसीलिए तीनों को कुछ देर प्रतीक्षा करना जरूरी हो गया था।

यहाँ घने वृक्षों के नीचे कुछ ठंड थी। दिन भी ढल रहा था और हवा भी कुछ मीठी-मीठी से चलने लगी थी। माँ ने बादामों की गिरियों की पोटली एक ओर और दूध का बर्तन दूसरी ओर रख दिया था और घास पर लेट गई थी। चुपचाप आम के वृक्ष पर आए बौर को देखते-देखते उसकी कल्पना पर लगाकर सुंदर उद्यानों में उड़ चली, सुख के बाद दुःख और दुःख के बाद सुख है तो इतना दुःख भोगने के बाद सुख के दिन अवश्य आएँगे। सप्ताह में दो बार उसे अपने पति से मिलने की इजाजत होती थी और तब नौकरी करके जो बचा पाती, उसके बादाम ले, गिरियाँ निकाल, और दूध तथा मिश्री लेकर कड़ी धूप में पैदल इतनी लंबी, सपाट, तपती सड़क पार करके आती थी और बड़े प्रेम तथा श्रद्धा से उन्हें बादाम खिलाकर दूध पिलाती थी। गिजा की कमी और संबंधियों के दुर्व्यवहार के कारण ही उनका दिमाग कुछ खराब हो गया है, यह उसकी धारणा थी। जिन्हें सदैव दूध, मलाई, दही और लस्सी मिले उन्हें इतने दिन फाकों में रहना पड़े, और फिर अपमान! वह उन्हें पाव-पावभर गिरियाँ खिला जाती और फिर मिश्री डालकर दूध पिलाती और फिर कल्पना करती कि जब वह

अच्छे होकर आ जाएँगे तो वह इतनी देर में कुछ रुपया जमा करके उन्हें एक पंसारी की दूकान खुलवा देगी और जीवन के जो थोड़े से दिन शेष हैं, आराम से गुजर जाएँगे।

घास पर लेटी हुई चंदा सामने लोहे के ऊँचे, महान फाटक की ओर देख रही थी, जिस पर एक सिख संतरी पहरा दे रहा था। इसके अंदर न जाने कितनी अनगिनत कोठरियाँ हैं और जाने कौन सी कोठरी में उसका पिता पागल बनाकर बंद कर दिया गया है। जाने किस तरह इस गर्मी में अपनी कोठरी में लेटा हुआ याद कर रहा है उसे। अवश्य ही अपनी लड़की की याद आती होगी उसे और वह अवश्य ही उसे कठोर समझता होगा। और इधर उसे इन सब बातों का पता ही नहीं। शीला का गला भर आया और वह आँचल में मुँह ढाँपकर रोने लगी।

दोनों हाथ घास पर टिकाए, पीछे की ओर झुका चेतन दिल ही दिल में उस सम्भाषण को पक्का कर रहा था, जो वह अपने ससुर को देखने के बाद डॉक्टर से करना चाहता था। उसके पास सिफारिशी चिट्ठी तो थी, पर फिर भी वह जानता था डॉक्टर साहब को बताना होगा कि क्यों पंडित जी को पागल खाने से निकाल कर घर ले जाना जरूरी है और वह कई तरह की युक्तियां और अंग्रेजी भाषा के चुस्त वाक्य अपने मस्तिष्क में दुहरा रहा था।

चार बजे बड़ा फाटक खुला और पागलों की एक टोली, मोटे खुरदुरे कपड़े की लंबी ढीली कमीजें और टखनों से ऊँचे तंग पाजामे पहने निकली। कोई अपने आपसे बात कर रहा था, कोई हवा में ही कत्लेआम मचा रहा था, कोई यों ही हँसता जा रहा था। उनके साथ जो संतरी था, उसने उन्हें एक स्थान से गमले उठाने को कहा और सबने गमले उठा लिए और वह संतरी उन्हें लेकर शायद कहीं दूसरी जगह रखवाने के लिए चला गया। इसी तरह दूसरी टोली निकली और गमलों को पानी देने लगी। सब पागल थे, विचित्र हरकतें करते थे, पर फिर भी हिले हुए जानवर की भाँति सब काम किए जाते थे। देखते-देखते चंदा विह्वल हो उठी, उसका

हृदय जैसे कंठ में आ गया। अवश्य ही उसके पिता को भी काम करना पड़ता होगा और ये निर्दयी संतरी, यह न जाने मार-मार कर किस तरह इन पागलों को काम पर लगाते हैं? बिलकुल ऐसे ही जैसे वहशी जानवरों को, जो दिमाग से काम नहीं ले सकते, पर फिर भी दंड और यातना सहकर बहुत से काम सीख लेते हैं। वह अपने पिता को एक पल भी यहाँ न रहने देगी और यह सोचकर आकाश की ओर अपने पति का कंधा हिलाकर उसने कहा, 'संतरी से कहो कि हमें उनसे मिला दें।'

चेतन कुछ चौंक कर उठा। अपना कालर और टाई सँवार कर वह फाटक पर गया। संतरी से अपना परिचय दिया और कहा कि हमें पंडित जमनादास से मिलना है और यह कहते हुए अलग ले जाकर उसने एक रुपया भी उसके हाथ में दे दिया था।

जमनादास उस समय पागलखाने में थे। संतरी ने सूची देखकर चौकीदार से बताया कि सुलतानपुर वाले पंडित जमनादास को बुला लाओ। इस बीच में कई दूसरे पागलों के रिश्तेदार भी आ गए थे और संतरी उनके कहने के अनुसार उन्हें बुलवा रहा था। बड़े फाटक के बाहर ही से उनको देखने की इजाजत थी, पर इनको इसने फाटक के अंदर कर दिया। चंदा और उसका पति एक बेंच पर बैठ गए। माँ धरती पर ही बैठी, तभी एक चौकीदार के साथ उन्होंने पंडित को आते हुए देखा।

चंदा का हृदय धकधक करने लगा।

समीप आने पर चंदा ने देखा, दूसरे पागलों की भाँति उसके पिता के गले में भी मोटी खुरदुरी कमीज और कमर में तंग पाजामा था। उसका गला भर आया और आँखें डबडबा गई।

चौकीदार ने कहा, 'बैठ जाओ!' और एक हिले हुए निरीह पशु की भाँति पंडित जी दीवार से पीठ लगाकर बैठ गए और फिर चौकीदार की ओर तथा उन तीनों की ओर देखकर हँस दिए।

चेतन ने देखा उसका ससुर अपना आधा भी नहीं रहा है। उसके

दाँतों पर पीला मैल जमा हुआ है, उसके चेहरे पर जर्दी छाई हुई है और जब चंदा की बादामों की पोटली खोलकर गिरियों का कागज उसे दिया तो उसने देखा, उसके अंदर बादाम थे ही नहीं।

यह तो ऐसे ही हुआ जैसे इंसान का जीवन अंतिम दिनों में जर्जर हो जाता है। सच में जीवन क्षणभंगुर ही होता है।

---

1. चो = बरसाती नाला

दूलो

आज सहसा एक प्रश्न उपस्थित हो उठा है। इस समय जब मैं अपनी बैठक में बैठा अपने एक वर्ष के बच्चे को गोद में लिए हुए खिला रहा हूँ, और खिड़की के बाहर जहाँ हमारी गाय खड़ी है, उससे परे एक टूटी सी चारपाई पर बैठे हुए एक वृद्ध ने अपनी पत्नी की किसी बात के उत्तर में कपाल पर हाथ मारकर दो बार 'अच्छा-अच्छा' कहा, मैं बच्चे को खिलाना भूल गया हूँ। बच्चा रो पड़ा है और मेरी पत्नी दूध दुहते-दुहते मेरी ओर आश्चर्य से देखने लगी है।

संध्या का समय है और गर्मी का मौसम। दिनभर की तपिश से तंग आकर लोग ऊपर छतों पर जा रहे हैं। कहीं फर्श पर छिड़काव हो रहा है, कहीं फूलों के गमले सींचे जा रहे हैं, कहीं बिस्तर ठंडे किए जा रहे हैं। पुरुष या तो अभी दुकानों से आए नहीं या सैर को निकल गए हैं। स्त्रियाँ घर के कामकाज से छुट्टी पाकर खाने का सामान ऊपर ले जाने में व्यस्त है। नीचे भोजन का क्या आनंद? ऊपर छत पर खाना खाएँगे, गप्पे हाँकेंगे, और हवा चली तो ठंडे झोंकों का आनंद भी लेंगे। कल गर्मी भी खूब पड़ी थी। ईंट पत्थर तक भुन गए थे। शायद रात को ठंड हो, वायु चले, पर आशा तो नहीं है। इस गर्मी में भी, इस शरीर को जला डालने वाली गर्मी में भी वह बूढ़ा और उसकी पत्नी नीचे मोहल्ले में, जहाँ दिनभर धूप का राज्य रहा है, जहाँ ईर्द-गिर्द गाय भैंसे बंधी रहती हैं, जहाँ नालियों से बदबू आती रहती है और जहाँ कूड़ा करकट के मारे बैठना मुहाल है, दो चारपाइयाँ डाले पड़े हैं। बूढ़े की चारपाई पर इस गर्मी की ऋतु में भी लिहाफ बिछा हुआ है, मैला-कुचैला और सड़ा गला। शायद उसे साफ

चादर नहीं मिली इस मैले और बदबूदार लिहाफ के लिए घर में कोई जगह नहीं। उसकी पीठ कुबड़ी है, कंधों की हड्डियाँ ऊपर को उठी हुई हैं, छाती अंदर धँस गई है, आँखों पर एक बड़ा पुराना और फ्रेम टूट जाने के कारण धागों में बंधा हुआ ऐनक है, चेहरे पर दाढ़ी बढ़ आई है, सिर पर मल-मल की मैली-सी गोल टोपी है, शरीर नंगा और कमर में मोटे खद्दर का डेढ़ गज का अँगोछा है।

उसकी बुढ़िया पत्नी बड़बड़ाती हुई अपनी चारपाई पर जाकर बैठ गई है और धीमे स्वर में बूढ़े को कोसने लगी है। उसकी चारपाई पर केवल एक फटी-सी दरी और मैली-सी चादर है।

दोनों में किस बात पर झगड़ा हुआ, मुझे मालूम नहीं। पर कोई ऐसी ही बात हुई होगी। बूढ़े को प्यास लगी होगी। वह बीमार है, बहुत चल फिर नहीं सकता। उसने पत्नी से पानी लाने को कहा होगा और बुढ़िया ने उत्तर दिया होगा, 'तुम्हें सारा दिन थ्याकड़ा (प्यास) ही लगा रहता है, मुझे दिखाई कम देता है। कैसे ला दूँ? तुम स्वयं क्यों नहीं हिम्मत करते?' इस पर शायद 'अच्छा-अच्छा' कहकर बूढ़े ने सिर पीट लिया है। कदाचित् मेरा अनुमान ठीक है, क्योंकि कुएँ पर पानी भरने वाले को पुकार कर उसने पानी माँगा है और गट-गट दो गिलास पीकर लेट गया है। शायद उसने एक निःश्वास भी छोड़ा है।

आजकल जब गर्मी में बर्फ के बिना एक घूँट तक हलक के नीचे नहीं उतारा जाता, जब दिन-रात लस्सी और शरबत का शोर मचा रहता है, जब कुछ घरों में बादामों की शरदाइयाँ भी होती हैं, जब गर्मी के मारे गला सूखा जाता है, यह बेचारा प्यास का नाम भी नहीं ले सकता और पत्नी के पानी न देने पर बर्फ का नहीं, सुराही अथवा घड़े का नहीं, केवल कुएँ का ताजा पानी पीकर चुपचाप लेट गया है।

और वह बुढ़िया, वह उसकी पत्नी, वह क्या सुखी है? आँखों से प्रायः अंधी, लठिया के सहारे चलने वाली, पतली-दुबली सी, फलबहरी के कारण आधे श्वेत और आधे काले मुख वाली अपनी खाट पर दुखिया बन बैठी

है। एक साक्षात् दुख है तो दूसरी साक्षात् निराशा।

क्या इनका संसार में कोई नहीं? क्या यह पति-पत्नी जगत् में सर्वथा एकाकी हैं? नहीं। इनका एक लड़का है, एक इकलौता लड़का। अभी-अभी वह इनकी खाटों के पास से होकर अपने तिमंजिले मकान की छत पर जा लेटा है। उसकी लड़की उसे पंखा कर रही है और पत्नी उसके पाँव दबाने लगी है।

'प्यास लगी है।' यह सुनते ही दोनों माँ-बेटी भाग खड़ी हुई हैं, छोटा लड़का बर्फ लेने दौड़ा है।

'शर्बत लाऊँ या शरदाई।' पत्नी ने दूसरी मंजिल से पूछा है।

'चाहे जो लाओ, पर करो जल्दी।'

शरदाई रगड़ी जाने लगी। बूढ़े को शायद फिर प्यास लग आई है, उसने जिह्वा को होंठों पर फेरा है और एक ठंडी साँस खींचकर करवट ली है।

मुझे पहले पहल दूलो का परिचय एक नाच की महफिल में हुआ। मैं उस समय न जाने किस श्रेणी में पढ़ता था। शायद किसी श्रेणी में भी नहीं, शायद पढ़ने के निमित्त पाठशाला जाने के लिए मुझे कुछ महीने प्रतीक्षा करनी थी। रात्रि का समय था। गैस के उज्ज्वल प्रकाश में मोहल्ले का कोना-कोना चमक रहा था। मध्य में एक दरी बिछी हुई थी और उस पर एक सुंदर जाजिम। मोहल्ले में कोई बिरला ही ऐसा व्यक्ति होगा, जो मुजरा देखने न आया हो। दो नाजुक सी नर्तकियाँ मजे से बैठी पान चबा रही थीं, सुंदर सुषमा से बनी हुईं, बात-बात पर वायु की नाई बल खा जाने वाली, मदभरी बातों से मोह लेने वाली। उनके पीछे बैठे थे सारंगी थामे हुए उस्ताद जी, और तबलची और हारमोनियम मास्टर, बात-बात पर जी-हुजूर करने वाले, बात-बात पर व्यंग के तीर छोड़नेवाले, बात-बात पर कहकहे लगाने वाले। सभासद मानों मंत्रमुग्ध बैठे इन परियों जैसी नाचने वालियों को देखने में व्यस्त थे, जिनकी लज्जा कृत्रिम थी, जिनकी

मुस्कराहट बेबाक थी और जिनकी आँखें बिजली की भाँति अस्थिर थीं।

गैस के चारों ओर बहुत से पतंगे घूम रहे थे। मैं अपने पुराने मकान की मुंडेर पर बैठा उन्हें देखने में मग्न था। मुझे स्मरण है कि मैंने कई बार प्रयास भी किया था कि वह सुंदर सी युवती मेरी ओर भी देखे, पर मेरी चेष्टाएँ निष्फल ही रहीं, और इसीलिए मुझे उसके प्रति उपेक्षा सी हो गई। मैं उधर से ध्यान हटाकर उन पतंगों को देखने लगा था। मुझे याद है, उस समय भी मेरे मन में यह प्रश्न उत्पन्न हुआ था कि इन पतंगों और इन मनुष्यों में अंतर क्या है? दोनों निछावर हो जाते हैं, उन पर जिन्हें उनके बलिदान की कुछ परवाह नहीं।

छन छन छनन छन!

एक चंचल नुपूर ध्वनि ने मुझे अपनी ओर आकर्षित कर लिया। वह नर्तकी पुतली की भाँति दरी पर थिरक रही थी : पतली-सी, कनक कामिनी सी, सुंदर लता-सी। आज भी जब इस घटना को वर्षों बीत गए हैं, मेरे सामने वह उसी प्रकार थिरक रही है, उसी प्रकार नाच रही है, उसी प्रकार कटाक्ष के तीरों से दर्शकों के दिलों को घायल कर रही है।

यह बहुत देर तक होता रहा, उसका रसीला स्वर भी कई बार आकाश में गूँजा। उसने गाया भी। स्मरण नहीं, क्या गाया। आजकल मुजरा होता है तो 'या इलाही मिट न जाए दर्दे दिल' या 'बालम आए बसो मोरे मन में' की किस्म का कोई राग गाया जाता है। तब ज्ञात नहीं, कौन सा राग प्रचलित था और कौन सा गाया था। पर इतना याद है कि उसका स्वर अत्यंत आकर्षक था : मीठा-सा, मद-भरा, नींद-सा ला देने वाला। मैं कई बार ऊँघा, परंतु जब आँख खुली, उसे गाते, नाचते, मुस्कराते और दीवानों से रुपए लेकर सारंगी के छेद में डालते देखा। फिर न जाने मुझे कब नींद आ गई और जब उठा, तब अपने बिस्तर पर लेटा हुआ था। सिर कुछ दर्द कर रहा था, पर इसकी कुछ परवाह न करके मैं भागकर मुंडेर पर गया। न वह प्रकाश था, न वह महफिल। शामियाना अवश्य था, पर कदाचित रात के सुख-स्वप्न की स्मृति में आँखें बंद किए पड़ा था। नाचने

वालियाँ जा चुकी थी और साजिन्दे भी जाने की तैयारी में व्यस्त थे। मेरी आँखों के सामने रात का दृश्य घूमने लगा और बार-बार उस नर्तकी की सूरत आँखों के सम्मुख आई, परंतु इसके साथ एक और भी सूरत थी, एक अधेड़ आयु के व्यक्ति की सूरत जिसके गले में नफीस मलमल का कुर्ता था, कमर में सुंदर धोती थी, कुर्ते पर बहुमूल्य जाकेट और सिर पर गोल लखनवी तर्ज की टोपी और नाचने वाली की एक अदा पर जो रुपए लुटा रहा था।

यह दूलो था और यह समारोह उसने अपने पोते के शुभ जन्मदिन पर किया था।

हाँ, यही दूलो था। जाति का सुनार था, रुपए पैसे की कमी न थी, पोते के जन्मदिन पर जो खुशी उसने मनाई थी उसकी चर्चा आज भी घर-घर है। उसने नाच-रंग पर व्यय चाहे अधिक न किया हो। नायिकाएँ उसकी आसामियाँ होने के कारण, उससे रुपए उधार लेने के कारण, उसे इस शुभ दिन पर बधाई देने वैसे ही आ गई हों, पर वे ले इतना गई थीं कि सौदा करने पर भी न पातीं।

सुनते हैं उसमें ऐब भी थे। वह खाने-पीनेवाला आदमी था। 'खाने-पीनेवाला' यह शब्द कटु सा प्रतीत होता है। पर मेरे विचार में खाने-पीनेवाला मनुष्य बिना खाए-पिए जीवन बिता देने वाले से कहीं अधिक अच्छा है। परंतु खाने-पीनेवाले आदमी के लिए बुढ़ापा शायद दूसरे की अपेक्षा अधिक दुखदायी होता है। शुष्क और नीरस प्रकृति के आदमी को किसी प्रकार की चाट तो नहीं होती, उसे कोई ऐब तो नहीं होता और वह किसी प्रकार रो-पीटकर जीवन के दिन तो बिता देता है, लेकिन विलासी मनुष्य? उसकी हसरतों की कथा दूसरी ही है।

परसों की बात है। सुबह नौ बजे होंगे। मैं स्नानादि से निवृत्त होकर एक किताब लेकर पढ़ने बैठा ही था कि मेरे कानों में हल्की सी उखड़ी-उखड़ी सी आवाज सुनाई दी, 'बाबू, बाबू'।

मैंने दृष्टि उठाई, सामने एक हाथ में बर्तन और दूसरे में लाठी का

सहारा लिए हुए दूलो खड़ा था।

'क्या बात है बाबाजी?' मैंने तनिक उठकर पूछा।

'जरा लोटाभर लस्सी तो ला दो बाबू।'

आवाज में दीनता थी और विवशता। मैं दौड़कर ऊपर गया और लस्सी का लोटा भरकर उसके घर दे आया। सारा दिन मैं काम न कर सका। उसके लड़के की निष्ठुरता पर मेरा हृदय आठ-आठ आँसू रोता रहा। अपने माता-पिता के लिए उससे क्या इतना भी नहीं होता, जिन्होंने उसके लिए दुनियाभर के दुःख झेले, दुनियाभर की मुसीबतें मोल ली थी, अपने उन्हीं माँ-बाप के लिए क्या उसके खजाने में एक घूँट पानी भी नहीं?

सामने चारपाई पर बुढ़िया लच्छमी बैठी थी। इस पुत्र को पाने के लिए उसने क्या-क्या न किया, कौन-सा जादू न जगाया, कौन-सा मंत्र न फूँका। मुझे अच्छी तरह स्मरण है, मेरी परदादी उसे अपने घर न आने देती थी। बच्चे वाली स्त्रियाँ उसकी छाया तक से दूर से भागती थीं। उसने कुएँ तक सुखा दिए थे, वृक्षों को ठूँठ कर दिया था। हमारे पुराने मकान के साथ एक लसूढ़े का वृक्ष था, जिसके कारण हमारी परदादी लसूढ़ेवाली कहलाती थीं। किसी टोने-टोटकेवाली के कहने पर इसने इस वृक्ष के नीचे स्नान किया, वह वृक्ष सूख गया। उसी दिन हमारी परदादी ने मुहल्लेभर को इसके भयानक प्रभाव से खबरदार कर दिया। वह कहतीं, 'इसकी बात मत पूछो, इसने पंजपीर कुएँ में उतरकर स्नान किया था, वह कुआँ सूख गया, लेलॉवाले की बावड़ी इस कलमुँही की भेंट चढ़ गई, अब उसमें नाम को भी पानी नहीं, इस पापिन ने मेरा हरा-भरा लसूढ़े का पेड़ सुखा दिया। यह जिस घर जाएगी, आग लगाएगी।'

मोहल्ले की स्त्रियाँ एक बड़ी-बूढ़ी के मुँह से ऐसी बातें सुनकर अपने बच्चों को गोदी में लेकर घरों को भाग जातीं। कहीं लच्छमी की कुदृष्टि उन पर न पड़ जाए। लच्छमी के बच्चे न होते हों, यह बात न थी। होते थे, पर मर जाते थे, बचता कोई न था। कौन-सी ऐसी जगह है, जहाँ किसी ने बताया हो और यह न गई हो। 'इच्छा कुण्ड' यह गई, 'सकेसर'

की यात्रा इसने की, गंगा, जमुना, कृष्णा, कावेरी सब नदियों में इसने डुबकी लगाई। सब तीर्थ देख डाले, तब जाकर कहीं यह लड़का बचा। गुरु अर्जुनदेव के गुरुद्वारे की परिक्रमा के बाद पैदा हुआ था, गुराँदित्ता नाम रख दिया गया। एक गूजरी घर में रखी गई। डर के मारे कोई खुशी न की गई। कहीं मौत को यह प्रसन्नता बुरी न लगे। अब दूलो अपने पोते के जन्मदिन पर खुशी मना रहा था, तब कौन जानता है कि वह अपने पुत्र के जन्मदिन का चाव नहीं निकाल रहा था।

वही दूलो और वही लच्छमी आज इसी लड़के के हाथों जीते-जी मौत के मुँह में धकेले जा रहे थे।

दूलो का दोष ही क्या था? यही न कि उसने अपने जिगर के टुकड़े को अपने जीते-जी घर में सर्वे-सर्वा बना दिया था। निश्चय था कि उसका बेटा जिसे उसने सबकुछ सौंप दिया था, उसकी वृद्धावस्था में जब जीवन संग्राम से थका हुआ उसका शरीर विश्राम का आसरा ढूँढ़ता होगा, उसे सुख देगा। उसका यह विचार कितना निर्मूल था, उसकी यह आशा कितनी भ्रमपूर्ण थी!

अमर कौर दूलो की पुत्रवधू का नाम था। गुराँदित्ता की पहली पत्नी बहुत पहले मर चुकी थी। बेचारी अच्छी थी, सुंदर थी और सलीकेवाली थी। परंतु सुनते हैं, परमात्मा को भी अच्छे स्त्री-पुरुषों की अधिक आवश्यकता रहती है। अच्छे लोग ही पहले मरते हैं। दूसरा विवाह हुआ, श्रीमती अमर कौर तशरीफ लाईं : चेहरा सुंदर, हृदय स्याह, मुँह की मीठी, मन की कड़वी, बगल में छुरी, मुँह में राम. . .ऐसी बनी कि सास-ससुर के मन मोह लिए। मीठी-मीठी बातें करके सबकुछ पति के नाम करवा लिया। बस, फिर क्या था? असली रूप प्रकट होने लगा। सास-बहू में झगड़ा रहने लगा। शनैः-शनैः लच्छमी के हाथ से सबकुछ छिन गया। जो स्वामी था, वह भिखारी से भी गया गुजरा हो गया। दूलो अब बीमार रहने लगा था। दुकान करने की हिम्मत नहीं थी। घर में बैठा रहता था और

अपने निरादर पर दिल ही दिल जला करता था। कभी-कभी जब दिल अह्मय हो जाता, तब दिल की जलन आँखों के रास्ते निकल जाती, इससे अधिक एक निर्बल निःसहाय बूढ़ा कर ही क्या सकता है?

एक दिन सास-बहू में फिर झगड़ा हो गया। घर में खीर बनी थी, पर उनके लिए न आई। बूढ़ों का स्वभाव बच्चों का सा हो जाता है, उनकी लालसाएँ भी बच्चों जैसी हो जाती हैं। लच्छमी के मुँह से निकल गया, 'तुम खाना क्या देती हो, बेगार टालती हो।' बस इस पर श्रीमती अमर कौर ने तूफान सिर पर उठा लिया, 'मुझसे रोज-रोज इनके लिए खीर और हलवा नहीं बनाया जाता, नीयत तो देखो, कितनी ओछी हो गई। बच्चों की तरह मचले पड़ते हैं। गोकल रोता था, जरा खीर बना दी। मुझे न ज्ञात था कि ये सत्तर वर्ष के बच्चे भी मचल पड़ेंगे!'

गुराँदित्ता पत्नी के इशारों पर नाचते थे। उस दिन से माँ-बाप के लिए पंद्रह रुपया मासिक लगा था। बुढ़िया लच्छमी अपने काँपते हाथों और प्रायः अंधी आँखों से चूल्हा झोंकती और जली-सड़ी रोटियाँ पकाती। दूलो उन्हीं को खाता और ईश्वर को धन्यवाद देता।

शनैः-शनैः यह रकम भी घटकर दस पर आ गई, दस से आठ पर। परंतु अमर कौर को तो ये आठ भी अखरते थे। एक दिन बहाना बनाया गया, 'लोग फटकारे देते हैं, कहते हैं इससे बूढ़े सास-ससुर को भी रोटी नहीं दी जाती। मैं अब इन्हें अपने हाथ से रोटी खिलाऊँगी।' उस दिन से रुपए बंद कर दिए गए। अमर कौर स्वयं खाना बनाने लगी। घर में क्या बना है, क्या नहीं, इस बात का उन्हें पता न लग जाए, इस विचार से उनका स्थान भी तीसरी मंजिल के बदले बीच की मंजिल में कर दिया गया। रसोई ऊपरी मंजिल में थी। वहाँ से गिने हुए फुलके और तुला हुआ सालन आने लगा। जिस दिन सालन तनिक स्वाद होता उस दिन फिर घर में झगड़ा हो जाता। प्रायः रोटी और माँगते और अमर कौर कहती, 'मुझसे अब बार-बार चूल्हा नहीं जलाया जाता। ये तो चाहते हैं कि सारा-सारा दिन गरमी में चूल्हे के पास बैठी रहूँ, बीमार हो जाऊँ और मर जाऊँ।

मुझसे यह न होगा। इनका पेट है या कुआँ? दस-दस रोटियाँ खा जाते हैं फिर भी भरने में नहीं आता।' इस रोज-रोज की दाँताकिट-किट से तंग आकर गुराँदित्ता ने फिर रुपए देने शुरू कर दिए। अब उनकी संख्या घटकर तीन हो गई थी और उनके रहने का स्थान भी निचली मंजिल की दो अंधेरी कोठरियाँ। दूलो ने यह फैसला सुना तब उसके सीने को चीरकर एक दीर्घ निःश्वास निकल गया, 'तीन रुपए मासिक?' गुराँदित्ता ने कह दिया, 'मेरा कारोबार घट गया है, मैं इससे अधिक नहीं दे सकता।' दूलो ने लंबी साँस ली और चुप हो रहा। उसी दिन से दोनों पति-पत्नी बाहर मुहल्ले में सोने लगे।

मैं अपने भाई के लिए औषधि लाने हकीम की दुकान पर जा रहा था कि साथ के मुहल्ले में कुछ शोर सुनाई दिया। मेरा रास्ता उधर से ही होकर जाता था। देखा बूढ़ी बीमार लच्छमी मध्य में खड़ी है और कुछ स्त्रियाँ उसे घेरे हुए हैं। धरती पर एक कपड़ा बिछा है, जिस पर कुछ आटा पड़ा है। मुझे समझते देर न लगी। कदाचित् अंतिम झगड़े ने उन्हें असहाय बना दिया था। कल फिर झगड़ा हुआ था। वे तीन दिन से भूखे थे, खाने को मुट्ठीभर आटा भी नहीं था। अमर कौर ने कुछ देने से इंकार कर दिया। लज्जा पाँव की जंजीर बनी हुई थी, पर भूख बेचैन किए देती थी। पेट की आग ने लज्जा की आग को पिघला दिया। लच्छमी लाठी टेकते-टेकते पास के मोहल्ले में अपने बिरादरी वालों के यहाँ गई। पर बिरादरी हो या रिश्तेदारी, घर से ठुकराए जाने वाले की कोई सहायता नहीं करता। उन्होंने इसका उपहास किया। मध्य में एक कपड़ा बिछा दिया और एक लज्जावान की लज्जा का पर्दा उठाया जाने लगा। स्वार्थी दुनिया को, किसी की पर्त उतर जाए इसे उसमें भी आनंद मिलता है। एक मकान की दीवार के साथ लगी लच्छमी खड़ी थी, वही जिसके पाँवों में कभी लक्ष्मी खेला करती थी। आज यों अपनी ही बिरादरी के हाथों अपमानित हो रही थी। व्यंग्य के बाणों से उसका कलेजा छिद रहा था, उसकी आँखों के आगे

अंधेरा छा रहा था, उसे स्वप्न में भी इस कौतुक को देखने की आशा न थी। वह चुप खड़ी अपनी दुर्दशा देख रही थी, देख कहाँ रही थी, उसकी आँखें तो बंद थी, केवल दो बड़े-बड़े आँसू उसके पिचके हुए गालों पर ढुलक आए थे। वही दुनिया की इस क्रूरता को आर्द्र नयनों से देख रहे थे।

एक स्त्री ने जो नाते में लच्छमी की कुछ लगती भी थी, कारूँ की समाधि पर लात मारते हुए एक छोटी सी कटोरी में आटा लाकर बिछे हुए क़पड़े पर डाल दिया और नाक-भौं सिकोड़कर बोली, 'निर्लज्ज को शरम नहीं आती। घाट किनारे आ लगी है, पर मन की लालसा नहीं गई। यों अपनी और अपने बेटे की पलीद कराने से तो कहीं अच्छा था कुछ खाकर सो रहती।'

लच्छमी से और न सहा गया। तीन दिन का उपवास, बूढ़ा निर्बल शरीर, एक बार काँपी और धड़ाम से धरती पर आ रही। मैं दौड़कर गया, उसे उठाया, कपड़े से हवा की। सौभाग्यवश लाला निहालचंद भी इधर ही जा रहे थे। इसी मुहल्ले में रहते हैं, पर उनकी उदारता की धाक नगरभर में है। उन्हें सबकुछ समझते देर न लगी। अपनी संपन्नता का तनिक भी विचार न कर वे मेरे पास आ बैठे। लच्छमी को होश आ गया, तब वे उसकी लाठी पकड़कर उसके घर छोड़ आए और मुझे उन्होंने एक आटे की बोरी और दाल उसके घर पहुँचाने का आदेश दिया।

चित्रपट की भाँति ये सारे चित्र मेरी आँखों के सामने फिर गए। मेरी पत्नी ने मेरे कंधे को छुआ। वह गाय दुहकर ऊपर जाने को तैयार थी। बच्चा रो रहा था, बेहाल हो रहा था। उसने दूध के बर्तन को फर्श पर रखकर बच्चे को मेरे हाथों से छीन लिया।

'नौज तुम्हें कोई किसी काम को कहे. . .' उसने रोष से कहा। वह बच्चे को छाती से लगा रही थी। चूम रही थी। और मैं सोचता था, यह प्रेम, यह प्यार किसलिए?

गोखरू

फिटकरी, शोरे और नमक के पानी में धुले, कमरे के अँधेरे में जगमगाते, पीले, सुनहरे गोखरू देखते-देखते मलावी की आँखों में आँसू भर आए। निमिष-मात्र के लिए उसके सामने एक चित्र घूम गया—उसका अपना ही चित्र—उन दिनों का जब जीवन में सब कुछ अच्छा लगता था। भाई से लड़ाई-झगड़ा, पिता का क्रोध से झुँझलाकर गालियाँ देना और खोज कर माँ का पीट बैठना—सब ही भला मालूम देता था। वसन्त की अपेक्षाकृत लम्बी दुपहरी, जब अपनी स्निग्ध, सुनहरी धूप से सपनों का संसार बसा देती थी और अपने बड़े खुले आँगन में त्रिञ्जन[1] के गीत गाते-गाते वह किसी ऐसी ही सपनों की दुनिया में खो जाती थी।

एक लम्बी साँस छोड़कर मलावी ने अपनी आँखों को मल डाला। यौवन के स्वर्ण-प्रभात की अपनी आकृति देखते-देखते वर्तमान के कंकाल का ध्यान आ जाने से उसकी आँखें भर आयी थीं। गोखरू उसने फिर डिब्बे में रख दिए, पर डिब्बे को वह बन्द न कर सकी। क्षणिक आवेश के वश एक गोखरू उठाकर उसने अपनी कलाई में डालना चाहा पर वह सख्त था—16 तोले सोने के भारी गोखरू—उसके हाथों में हड्डियाँ जैसे अब उसके लिए दीवारें बन गयी थीं।

चुपचाप उसने फिर उसे डिब्बे में रख दिया। कुछ क्षण मन्त्रमुग्ध-सी वह उन दो सुन्दर गोखरुओं को देखती रही। एक दिन वे उसकी सोने ऐसी कलाइयों पर खूब सुन्दर लगे थे। तब उसके सारे अंग भरे हुए थे, हड्डियों के स्थान पर माँसल भुजाएं थीं और गालों के गड्ढ़ों में गुलाब हँसा करते थे।

बाहर छोटी-छोटी लड़कियाँ ढोलक पर 'महिमा'[2] गा रही थीं। उसकी आँखों के सामने फिर गया, किस तरह उसके कमरे में भी एक दिन ढोलक

रख दी गयी थी, और फिर किस तरह चाँदनी रातों में उनके चौड़े विशाल आँगन में जामुन के वृक्ष की छिदरी छाया के नीचे गाँव-भर की नवयुवतियाँ और नववधुएँ इकट्ठी हुई थीं, और किस तरह उन्होंने 'माही', 'राँझा', 'पुन्नू'[3] के गीत गाये थे और किस तरह गाँव की बड़ी-बूढ़ियाँ भी उनके द्वारा अतीत में पहुँचकर उनके स्वर में स्वर मिला देती थीं।

फिर एक दिन तेल, हल्दी और केसर से मिले हुए बेसन के उबटन से मल-मल कर उसे नहलाया गया था और जब उसकी देह कुन्दन-सी दमक उठी थी, तब विवाह का लाल जोड़ा उसे पहनाया गया था। उसकी कलाइयों में मौली के तार में पिरोये हुए कलीरे बाँधे गये थे और तब माँ ने उसे गहने पहनाये थे। उन्हीं में से ये भारी गोखरू भी थे।

मलावी ने आँखें गोखरुओं से हटा लीं। कमरे की दायीं दीवार के साथ जरा और अँधेरे में ट्रकों पर एक पुराना लकड़ी का जाल डिब्बा उपेक्षित-सा पड़ा था। रंग उसका कई जगह से उतर गया था और उस पर गर्द की गहरी तह चढ़ गयी थी। मलावी की दृष्टि उसी पुराने डिब्बे पर जा पड़ी, फिर उसने अपने शरीर पर निगाह डाली और उस के हृदय से एक दीर्घ निःश्वास निकल गया। तभी एक असह्य ईर्ष्या के बस होकर उसने एक गोखरू उठाया, दोनों हाथों में लेकर और तनिक खुला करके उसे डाल लिया। उसकी हड्डी–ऐसी कलाई पर वह कोहनी तक चला गया। तब दूसरा उसने दूसरी कलाई में डाल लिया। वह भी कोहनी तक चला गया, किन्तु उसे दुःख नहीं हुआ। इस अपने चिर-परिचित गहने को सदैव के लिए अलग करते समय एक बार पहन कर वह कृत-कृत्य हुई। तभी दरवाजा खुला और विवाह के लाल जोड़े में आवृत यौवन, उल्लास तथा प्रसन्नता की तसवीर बनी उसकी लड़की मंसा कमरे में दाखिल हुई - मलावी ने दोनों हाथ दुपट्टे के आँचल से छिपा लिए। उसका चेहरा पीला पड़ गया, पर कमरे के अँधेरे में उसकी लड़की ने इस परिवर्तन को नहीं देखा और अपनी मीठी सुरीली आवाज़ में इतना ही कहा, 'बाबू जी बुला रहे हैं।'

'चल मैं आयी।' हकलाते हुए मलावी ने कहा।

लड़की चली गयी। मलावी ने उसे जाते हुए देखा—उसके यौवन-प्रभात का दमकता हुआ चित्र। एक दीर्घ निःश्वास को निकल पड़ने से बरबस रोक कर उसने गोखरू उतारे और उन्हें उनके उस नये डिब्बे में रख दिया, जिसकी मखमल का रंग गहरा लाल था और जिसकी पीतल की कुंडी भी सुनहरी दिखाई देती थी और अँधेरे में ट्रकों पर उपेक्षित से पड़े उस पुराने डिब्बे की ओर जान-बूझ कर देखे बिना मलावी नये डिब्बे को लिये कमरे से निकल गई।

दरवाज़े पर शहनाई अपनी तीखी, हृदय को भेद देने वाली आवाज़ में कोई जुदाई का गीत गा रही थी। घर के बाहर भंगियों तथा भंगिनों का हजूम, रास्ता रोके, उत्सुक नजरों से दूल्हा तथा दुल्हन के बाहर आने की बाट जोह रहा था—मर्दों के हाथों में बाँसों के साथ बंधी लिपटी चादरें थीं, जो पलक झपकते ही खुल जाने को व्यग्र थी और स्त्रियों के दामन फैल जाने को उत्सुक थे। गली के दोनों ओर छतों पर पड़ोसिनों की भीड़ जमा थी, जिनके ओंठ गाना गाने के लिये जैसे फड़क रहे थे।

घर के अन्दर आँगन में तिल धरने की जगह न थी। एक ओर वर पक्ष के लोग खड़े थे, 'इज्जड़ी चिनने'[4] की रस्म हो चुकी थी और पण्डित के मन्त्र अभी-अभी हवा में फैल कर कहीं गुम हो गये और उनका स्थान विदाई की सिसकियों ने ले लिया था।

पुरोहित ने चावलों का दाना लड़की के हाथ पर रखा। मंसा ने उसे छिड़कते हुए पण्डित के कहने के अनुसार ओठों में ही कहा, 'आप का भाग्य आप के साथ, मेरा भाग्य मेरे साथ,' और उसकी आँखें भर आयीं, तभी सहेलियों ने गाना शुरू किया—

सट्ठ सहेली दर खड़ी
मैंनूँ नहीं मिलन दा चाव
वे सुन बाप मेरा[5]

मंसा सबसे गले मिलकर जुदा हो रही थी, यह सुनते ही बाप से चिमट गयी, और लड़कियों ने गाया–

गलियाँ ने होइयाँ बाबल भीड़ियाँ
मैंनूँ आँगन होइया परदेस
वे सुन बाप मेरा[6]

और बाप ने आँखों में अनायास ही छल-छला आने वाले आँसुओं को बरबस रोकते हुए उसके कन्धे को थपथपाकर कहा, 'बस, बस'।

उस समय अपने पिता तथा पुरोहित का इशारा पाकर दरवाजे पर खड़ी हुई महरी के कुम्भ में कुछ चाँदी के सिक्के डाल कर दूल्हा बाहर निकले, उनके पीछे-पीछे अपने पिता की गोद से लगी हुई मंसा थी और दोनों के मध्य एक श्वेत साफे का छोर लाल सालू से बँधा-बँधा जा रहा था। उस वक्त एकदम बाजे जोर-जोर से बजने लगे, और शहनाई वाले ने झूम-झूम कर, मुंह फुला-फुलाकर शहनाई में फूँक देना आरम्भ किया, तब समधी ने थैली का मुँह खोल नये मोहरों की तरह चमकते हुए पैसों की एक-दो मुट्ठियाँ दूल्हा-दुल्हन के ऊपर से वार कर फेंकीं। बाँसों से लिपटी हुई चादरें खुलीं, दामन खुले और पैसों की लूट आरम्भ हो गयी। तब पीछे चली आने वाली तथा गली के दोनों ओर छतों पर जमा स्त्रियों ने आर्द्र कण्ठों से गाया–

गलियाँ ने होइयाँ बाबल भीड़ियाँ
मैंनूँ आँगन होया परदेस
वे सुन बाप मेरा।

मलावी चुपचाप मन्त्रमुग्ध-सी लाल सालू पहने, तनिक-सा घूँघट निकाले दूसरी स्त्रियों के साथ चली जा रही थी। उसकी आँखों से आँसू जारी थे, लेकिन धीमे स्वर से वह भी अन्य स्त्रियों के स्वर में स्वर मिलाकर गा रही थी। उसकी आँखों के सामने एक ऐसा ही दृश्य फिर रहा था, जब वह भी अपने पिता की गोद में चढ़कर घर से विदा हुई थी।

बाजार आ गया। लड़की को ताँगे में बिठा दिया गया। महरी साथ

बैठ गयी, तो लड़की की सिसकियाँ और भी ऊँची होती गयीं और वह अपनी माँ के गले से लिपट गयी। मलावी ने अपनी विदा होती हुई लड़की को जोर से अपने बाजुओं में भींच लिया और उस समय उसे एक और स्निग्ध आलिंगन का स्मरण हो आया, जब बहुत वर्ष पहले अपने ही विवाह पर वह अपनी माँ से इसी प्रकार लिपट गयी थी। जब सिसकती हुई लड़की को धीरे-धीरे उसने अलग किया, तो उसके बाजुओं पर से होते हुए उसके हाथ निमिष-मात्र के लिए उसके गोखरुओं पर आ रुके।

पर तब ताँगा चलने लगा था और समधी ताँगे के ऊपर से पैसों की वर्षा कर रहे थे, भंगी लूट रहे थे और बाजे भी जोर-जोर से बज रहे थे।

जब लड़की को विदा करके मलावी अपने घर में आयी, तो उसे सब कुछ सूना-सूना-सा प्रतीत हुआ। सालू बदलने के लिए जब वह अन्दर गयी, तो ट्रंक पर पड़े हुए उपेक्षित-से गोखरुओं के डिब्बे पर उसकी नजर गयी और उसने महसूस किया कि वह अपनी इकलौती लड़की को रुखसत करके ही नहीं आयी, वरन अपने सबसे प्रिय आभूषण को भी विदा दे आयी है।

दूसरे दिन जब मंसा अपनी ससुराल से वापस आयी और सहेलियों से मिल-मिलाकर जब अपनी माँ के पास बैठी, मलावी ने उसे समझाया कि बेटी, तेरा स्वभाव कुछ बेपरवाही का है। रात को सोते समय गोखरू उतार लिया करना। तेरे हाथों में जरा खुले हैं, कहीं किसी दिन खिसक ही न जायें! दो वर्ष बीत गये, तीयों[7] का त्योहार आ गया। इस बार मलावी ने अपने पति से अनुरोध करके, मंसा को बुलवा भेजा। उसकी सुसराल वाले तो उसे बिलकुल न भेजना चाहते थे, पर वह मैके आने के लिए छटपटा रही थी और उसके कई पत्र, मलावी को आ भी चुके थे।

मलावी स्वयं भी उसे देखना चाहती थी। इस बीच में यद्यपि वह अपनी गोखरुओं की जोड़ी को बहुत हद तक भूल गयी थी; किंतु फिर भी जब किसी की कलाइयाँ आभूषणों से भरी हुई देखती उसे अपनी सूनी कलाइयों का खयाल आ जाता और अतीत के कई चित्र उसकी आँखों के

सामने घूम जाते—जब उसके बाजू गहनों से भरे हुए थे, उसकी कलाइयों में एक साथ बन्द, गोखरू, लच्छे और चूड़ियाँ पड़ी रहती थीं, फिर उसके पति को कारोबार में घाटा पड़ा, और वे सब गहने एक-एक कर के सर्राफ की दूकान पर पहुँच गये और हाथ के गहनों में उसके पास केवल गोखरू ही रह गये। और फिर वह दिन उसकी आँखों के सामने घूम जाता, जब वे गोखरू भी उसने हँस-हँस कर अपनी लड़की को पहना दिये थे और उस वक्त वह घर जाकर ताक में रखे हुए गोखरुओं के पुराने डिब्बे को एक नजर देख लेती, निःश्वास भर कर और उसे झाड़-पोंछ कर फिर वहीं रख देती। भाग्य के बिना, कौन किसी चीज का उपयोग कर सकता है? गहने तो उसे बहुत मिले, पर उन्हें पहनना किसी और ही के भाग्य में था। उन सब गहनों के नाम पर एक पुराना डिब्बा उसके पास रह गया था जो उसे अपने अभाव की याद ही अधिक दिलाता था, किन्तु फिर भी उस पुराने डिब्बे को वह फेंकती न थी, झाड़-पोंछ कर वहीं ताक में रख दिया करती थी। और अब जब वह विह्वल-सी होकर अपनी लड़की की प्रतीक्षा कर रही थी, तो कौन जानता है, अपने उस चिर-परिचित गहने को देखने की लालसा-सी उस के हृदय के किसी अज्ञान कोने में दबी न पड़ी थी।

और जब एक दिन मंसा अपनी ससुराल से आ गयी, तो मलावी ने देखा कि इस दो वर्ष के अर्से ही में उसके गोखरू घिस कर पीतल जैसे निकल आये हैं। और तब आलिंगन में लेकर कुशलक्षेम पूछने के बाद, इच्छा न होते हुए भी मलावी ने अपनी लड़की को कोसना आरम्भ कर दिया—'यह गहनों की क्या हालत बनायी है तूने? इस तरह तो पराये का गहना भी नहीं पहना जाता। दो ही वर्ष में तूने इतनी कीमती गोखरू घिसा दिया। पाँच रुपये तो मात्र इनकी गढ़ाई के मैंने दिये थे। मैल इनमें इतना जमा हुआ है! बर्तन माँचते, झाड़ू-बहारी देते समय तू उतारती न थी इन्हें?' और गोखरुओं से नजर हटा कर उसने अपनी लड़की के चेहरे की ओर देखा और उसका हृदय धक्क् से रह गया। वह क्या बक गयी? अपनी लड़की से उसके दुःख-दर्द का हाल पूछने के बदले गोखरुओं का रोना ले

बैठी। मलावी ने देखा, उसकी लड़की कमज़ोर हो गयी है। उसकी आँखों के गिर्द गड्ढ़े पड़ गये हैं और उसका रंग पहले से सियाह हो गया है—सहसा आवेश के वश हो, उसने फिर अपनी लड़की को अपनी भुजाओं में भींच कर उसके रूखे शुष्क गालों को चूम लिया।

मंसा की आँखें भर आयी थीं। वह न जाने अपनी माँ से कौन-कौन-से दुःख का बोझ बटाने आयी थी और माँ ने आते ही कोसना आरम्भ कर दिया। अब उस आलिंगन में उसके नीरव आँसू मुखरित होकर सिसकियाँ बन गये।

तब मलावी ने उसे सान्त्वना देते हुए, अपने इस व्यवहार पर खेद प्रकट किया और तभी मंसा ने बताया कि किस तरह मात्र यही गोखरू उसके पास बचे रहे हैं और किस प्रकार उसने उन्हें अपनी कलाइयों से पल-भर के लिए भी अलग नहीं किया। सास ने तो—मंसा ने बताया—शुरू ही में अपने छोटे लड़के की शादी के बहाने से उसके सब गहने ले लिये थे, और फिर लाख माँगने पर भी उसे न दिये थे। ये गोखरू भी एक उत्सव पर उसे पहनने को दिये गये थे, बस फिर उसने उन्हें अपनी कलाइयों से अलग नहीं किया। सास ने बहुतेरा कहा, पर वह किसी तरह भी अपनी कलाइयों को बिलकुल सूनी कर लेने को तैयार नहीं हुई। इस पर उसकी जो दुर्दशा हुई, उसका हाल भी रो-रोकर मंसा ने अपनी माँ को बताया—सास ने उसे ताने मारे, कोसा, यहाँ तक कि गालियाँ दी; श्वसुर भी बेहद नाराज हुए और उसके पति ने उसे मारा भी; पर उसने फिर भी गोखरू नहीं दिये।

मलावी ने अपनी लड़की को अपनी छाती से लगा लिया, और उसकी आँखों में आँसू निकल आये। इन आँसुओं में कितना दुःख था और कितना सुख, इसे अन्तर्यामी के सिवा कौन जा सकता है?

कहते हैं, यदि किसी दूसरे व्यक्ति की नीयत किसी चीज में रह जाए, तो वह चीज गुण नहीं करती। इसीलिए शायद गोखरुओं ने मंसा को लाभ

नहीं किया, बल्कि उसकी जान ही लेने का कारण बने।

मैके होकर जब मंसा ससुराल पहुँची, तो घरवालों के प्रति उसका व्यवहार और भी रूखा हो गया था और उसने निश्चय कर लिया था कि गोखरू देना तो अलग, वह अपने बाकी गहने भी लेकर रहेगी, मलावी ने भी उसे यही कुछ सुझाया था।

'समय-कुसमय पर गहना ही हिन्दू स्त्री के काम आता है, इसलिए नासमझी में अपना गहना गँवा न देना,' उसने अपनी मिसाल देकर कहा था और फिर मासी पूरणदेई की मिसाल दी थी, 'अपनी मासी पूरणदेई को ही देख लो, पति ने दिवाले की दरख्वास्त दे दी, पर उसने अपनी एक तीली[8] तक को भी हाथ नहीं लगाने दिया और अब मुहल्ले की चौधराइन बनी बैठी है।'

इसी मशविरे का यह फल था कि जब एक दिन मंसा की देवरानी को मैके जाना पड़ा और सास ने मंसा से प्रार्थना की कि कुछ दिनों के लिये गोखरू उसे दे दे, तो मंसा ने साफ इनकार कर दिया। सास ने अपने बेटे से कहा, बेटे ने अपनी बहू से; बहू कुछ ऐसी अपनी हठ पर अड़ी कि टस से मस न हुई, तब उसने बल से गोखरू छीन कर अपने छोटे भाई को दे दिये।

मंसा रोयी-चिल्लायी, गालियाँ खायी, पिटी और फिर बीमार पड़ गयी।

जब मलावी को मालूम हुआ, उसकी लड़की मृत्युशय्या पर पड़ी है और उड़ती-उड़ती यह भी खबर उसके कान में पहुँची कि सास-ससुर ने उसके सब गहने छीन लिये हैं, और उसे मारा-पीटा भी है तो क्रोध से उसकी आँखों से चिनगारियाँ निकलने लगीं, अपने पति को उसने साथ लिया और राहों—अपनी लड़की की सुसराल के लिये चल दी।

इसके बाद जो हुआ, इसका अनुमान इसी से लगाया जा सकता है कि उसी शाम को सब गहनों समेत वह अपनी मृत-प्रायः लड़की को सालम लारी पर लाद कर घर को वापस आ रही थी।

मंसा के जीने की कोई आशा हो, यह बात तो नहीं, पर लारी के धक्कों में अपनी लड़की को किसी प्रकार सँभालते हुए वह सर्वशक्तिमान् से यही प्रार्थना कर रही थी कि उसका दम, कम से कम घर जाने तक रुका रहे। लारी के फर्श पर बिस्तर बिछवा कर, किसी-न-किसी तरह उसने अपनी लड़की को वहाँ लिटा दिया था। मंसा की आँखें बन्द थीं, कुन्दन-सा शरीर राख हो गया था, लकड़ियों के से बाजू, कंकाल से शरीर के दोनों ओर निर्जीव-सी पड़े थे। अन्तिम घड़ियाँ थी और आत्मा के साथ शरीर का सारा मल भी जब बाहर निकल जाना चाहता था। उस मैले, गन्दे, गीले कपड़े से बचाने के हेतु, उसे दोनों हाथों से थामे मलावी उसके सिरहाने बैठी अपनी इस लड़की को निनिमेष देख रही थी। अपना सब उबाल, सब क्रोध, समस्त क्रन्दन वह समध्याने में खर्च कर आयी थी। इस समय उसकी आँखों में मात्र एक हिंस्र ज्वाला लपलपा रही थी, जैसे वह इस ब्रह्माण्ड को जला डालेगी। रह-रह कर उसकी दृष्टि गोखरुओं पर भी जा पड़ती थी। वह उसे हटा-हटा रखती थी, वह न पहने, उसकी लड़की न पहने, उसे और कोई पहने—यह वह कैसे सह सकती? इधर-उधर से गुजरती हुई मोटर लारियों की मिट्टी उड़ कर लारी के अन्दर आ जाती और वह अपना मुँह दुपट्टे से ढँक लेती, और उसी मैले, गन्दे कपड़े का एक सिरा अपनी निष्प्राण लड़की के चेहरे पर भी रख देती।

सन्ध्या का सूर्य मकानों के पीछे कहीं पश्चिम में मुँह छिपा चुका था, जब मलावी, प्रायः मरी हुई लड़की को लेकर अपने आँगन में दाखिल हुई। मिनटों में पड़ोसिनों ने उसे घेर लिया, पर उसने किसी को आँगन में न घुसने दिया, 'इसकी हालत ठीक नहीं, निर्दयियों ने बस मार कर ही मेरे साथ कर दिया है।' उसने भरी हुई आँखों के साथ कहा और उनसे प्रार्थना की कि वे हवा न रोकें, उसे अपनी लड़की का इलाज करने दें, परमात्मा के घर में . . . और सबको सुनाई देने वाली आवाज में उसने अपने पति से कहा कि दौड़ कर डाक्टर को बुला लाये, पैसे का मुँह ऐसे समय न देखे और उसके जाने पर, पड़ोसिनों को मिन्नत के साथ, विनय के साथ बाहर

भेज कर उसने आँगन का किवाड़ बन्द कर दिया। और लड़की के सिरहाने जा बैठी।

पर लड़की का दम तो शायद अपने इस आँगन तक पहुँचने की ही बाट जोह रहा था। मलावी ने नाड़ी देखी, तो वह बन्द हो चुकी थी।

वह चीख मारने लगी थी कि निमिष-मात्र के लिए उसके मन में कोई विचार आया और उसका दिल धक्क-धक्क करने लगा, चीख उसके ओठों तक आकर रुक गयी। इस विचार को उसने अपने मन से निकालने की कोशिश की, जल्दी-जल्दी व्यस्त होकर दिये-बत्ती का भी प्रबन्ध किया, किन्तु अन्तर में संघर्ष उसके निरन्तर छिड़ा रहा और दिल और भी जोर-जोर से धक्क-धक्क करता रहा। उसने चाहा रोना शरू कर दे, पर अब भी क्रन्दन उसके ओठों तक भी न आया। एक दो क्षण वह आँगन में इधर उधर घूमी, अपनी निगाह उसने मृत लड़की के शरीर से दूर रखने की कोशिश की–आखिर वह उस शव के पास आयी और अकड़ी हुई कलाइयों से उसने चुपके से गोखरू उतार लिए।

अन्तर में किसी ने कहा–"लड़की का धन है"।

किन्तु फिर अन्तर ही से कोई बोला–"मृत लड़की का कैसा धन? कोई बचा भी तो नहीं!"

और वह गोखरू लिये अन्दर कमरे में चली गयी। ताक में वही पुराना उपेक्षित-सा डिब्बा पड़ा था। मलावी ने दुपट्टे से उसे झाड़ कर गोखरुओं को उसमें रखा और फिर उसे ट्रंक में बन्द कर दिया। तब वह ट्रंक से एक श्वेत खेस और चादर निकाल लायी। शव के गन्दे कपड़े उतार कर उसने एक कोने में रख दिये और उसके नीचे खेस बिछाकर चादर को उसके शरीर पर लपेट दिया। सिरहाने दानों के ढेर पर रखे हुए आटे के दिये को दियासलाई दिखायी और फिर आँगन का दरवाजा खोलकर उसने एक चीख मारी।

इसके बाद ग्यारह दिन किस प्रकार गुजरे। मलावी कितना रोयी-पीटी,

उसने कितने बाल नोचे, इसका पता उसकी सूजी आँखें, लाल छाती और रूखे खड़े-खड़े बाल भली-भाँति देते थे। ग्यारह दिन तक वह अपनी लड़की की सुसराल वालों को गालियाँ देती रही, कि गहनों के लिए उन्होंने उसकी लड़की की जान ले ली और ग्यारह दिन तक ही वे गन्दे, मैले, बदबूदार कपड़े उसने अपने घर में रख छोड़े, जो उसने अपनी लड़की के शरीर से उतारे थे और गली-मुहल्ले को दिखा-दिखाकर उसने अपनी लड़की के ससुराल वालों की नीचता सिद्ध कर दी और सारी बिरादरी के सामने वे चन्द गहने, जो गोखरुओं के अतिरिक्त उसकी लड़की के शरीर से उतरे थे, उसने 'किरिया' के दिन दान करा दिये।

एक पड़ोसिन ने पूछा—'गोखरू नहीं दिये?'

उत्तर देते समय मलावी का दिल धड़क उठा था। पर उसने उन कपड़ों की ओर, जो आँगन के एक कोने में नाली पर पड़े थे, इशारा करते हुए कहा था कि जिन्होंने उसकी फूल-सी लड़की को ऐसे गले-सड़े कपड़ों में आवृत्त रखा, उनसे ऐसी आशा कहाँ, ये सब भी न जाने कितने लड़-झगड़ कर वह लायी है। उस निर्दय धरती में पैदा होने वालों ने तो उसे गहनों के लिए तरसा-तरसाकर मार दिया और फिर जैसे अपने आप से उसने कहा था—"अब दिये भी तो क्या?"

और अब जब 'किरिया-कर्म' के बाद बारहवें दिन वह रात को छत पर लेटी थी, तो उसे नींद न आयी थी। वह सर्वथा अशिक्षित गँवार स्त्री थी। सूक्ष्म भावों का विश्लेषण करना वह न जानती थी। पर उसका वह समस्त कृत्य उसके मन पर बोझ बना बैठा था। अपनी मृत लड़की के शव से उसने गोखरू उतार लिये। उसने क्यों ऐसा किया?

उसके कोई दूसरी लड़की नहीं, उसके क्या, उसके रिश्तेदारों तक में कोई लड़की नहीं कि उसे उनमें से किसी के विवाह पर 'खटे' आदि में कोई गहना देना हो। तो क्या वह अन्धों की तरह गोखरुओं के पीछे नहीं भागती फिरी? क्या वही अपनी लड़की की घातक नहीं? और वह सिहर उठी। उसने सिर को झटका देकर इस विचार को मस्तिष्क से निकालने की

कोशिश की।

उनकी छत के चारों ओर बड़े-बड़े मकान थे। परे अँधेरे में उसका पति गहरी नींद सोया हुआ था। मलावी ने लम्बी साँस ली, उसके पति के मन पर कोई बोझ नहीं है ना, और उसके अपने मन पर? उसने करवट बदल ली।

आकाश पर यद्यपि चाँद चमक रहा था, किन्तु उसकी चाँदनी बिटिया तो अब इस दुनिया में नहीं रही थी। उसकी आँखों से नींद कोसों दूर थी। वह उठी और छत पर दूसरे लोगों के घरों को देखने लगी। उसकी नजर गरीब भगवती ब्राह्मणी की मुंडेर पर टिक गई। कुछ ही दिन पहले तो भगवती के घर भी नई नवेली दुल्हन आयी थी। परंतु गरीब घर की बेटी थी। मुँह दिखाई के समय मुहल्ले भर की औरतों ने उसे ताने मारे थे, 'तेरी माँ रांड ने सोने के आभूषणों की बजाय रोल्ड गोल्ड के कंगन दिए हैं, ऊपर सोने का पानी फिरवाकर।'

मलावी के सामने ही तो मारे थे औरतों ने ताने, जो सितारों भरी रात में उसे लगा कि उसकी बेटी को भी ऐसे ही ताने मारे गए होंगे, पर उसके पास तो सोने के गहने थे। परन्तु भगवती की नई नवेली बहू के पास तो नकली गहने हैं, वह तानों का बोझ कैसे सहती होगी और सोचते-सोचते ही अब गोखरुओं का भार जैसे प्रतिक्षण उसके मन पर और भी अधिक बोझीला बन रहा था।

अपनी उनींदी आँखों को लिये हुए जब भगवती ब्राह्मणी ने डेवड़ी के किवाड़ खोले, तो मंसा की माँ को इस समय अपने सामने पाकर वह हैरान-सी खड़ी रह गयी।

अन्दर जाकर दिये के मद्धम प्रकाश में भगवती ने देखा–मंसा की माँ का चेहरा श्वेत हो रहा है, उसके बाल बिखरे हुए हैं और ओंठ सूखे हुए हैं।

'तुम्हारी बहू घर पर ही है?'

इस प्रश्न पर और भी हैरान भगवती मलावी के मुँह की ओर देखने

लगी, फिर उसने धीमे शक्ति स्वर में कहा, 'बेचारी अभी सोयी है। धनीराम सेठ की लड़की का लगन था। फेरे शायद अब हो रहे हों, पर मैं तो ले आयी इसे।'

भगवती के लड़के का हाल ही में विवाह हुआ था। अपने पुत्र की इच्छा के विरुद्ध वह अपने बड़े यजमान की लड़की के विवाह पर बहू को ले गयी थी। यदि अभी से यजमानों से परिचय पैदा न किया, तो काम कैसे चलेगा? फिर भी 'लगनों' की समाप्ति से पहले ही वह उसे ले आयी थी। अभी-अभी वह अपने कमरे में गयी है—इसलिए उसे बुलाने में भगवती को संकोच हो रहा था। पर मलावी की आकृति में, उसके स्वर में कुछ ऐसी बात थी, कि वह कुछ न कुछ कहकर चुपचाप ऊपर चली गयी।

कुछ क्षण बाद भगवती के पीछे-पीछे तनिक-सा घूँघट निकाले हुए सकुचाती और लजाती वह सीढ़ियाँ उतरी।

मलावी अभी तक वैसे ही खड़ी छत की ओर देख रही थी। अचानक दीवार के साथ लगी हुई पीढ़ी को बिछा कर उसने बहू से कहा—'बैठो!'

तब भगवती को अपने व्यवहार के अनौचित्य का ध्यान आया। पीढ़ी मंसा की माँ की ओर खिसका कर उसने कहा—'नहीं-नहीं, तुम बैठो; मैं मूढ़ा लाई।' और यह कहकर वह जल्दी से अन्दर कोठरी से पिसे हुए महीन ईख के घिसे, मैले मूढ़े उठा लायी।

जब बहू का हाथ थाम कर मंसा की माँ ने उसे मूढ़े पर बिठाया और अपने दुपट्टे से गोखरू खोल कर लाल चूड़े के आगे उसकी कलाइयों में पहना दिये।

भगवती की आँखें चमक उठी और बहू आश्चर्यान्वित-सी, उन चमकते हुए गोखरुओं को देखती रह गयी।

तब भरे हुए गले से मलावी ने कहा—'भाभी, ये मेरी मंसा के गोखरू हैं। मैं अपनी खुशी से इन्हें बहू को देती हूँ। तुम मेरी लड़की के हक में प्रार्थना करना कि ईश्वर उसकी आत्मा को शान्ति दें।' और फिर कुछ रुक

कर उसने कहा—'और मेरी एक विनय और है—बहू जब भी हमारे घर आये, इन गोखरुओं को अवश्य पहन कर आये।'

इसके बाद भगवती ने जिन आशीषों का सिलसिला शुरू किया, उन्हें मंसा की माँ ने नहीं सुना। दीर्घ निःश्वास को निकल पड़ने से बरबस रोक कर और बिना गोखरुओं की ओर देखे वह दरवाजा खोल कर बाहर निकल आयी।

रात तब भी साँय-साँय कर रही थी और दूर कहीं आकाश की ऊँचाइयों में देर का उड़ा हुआ फानूस धीरे-धीरे नीचे की ओर आ रहा था।

---

1. स्त्रियाँ जब इकट्ठी बैठकर चरखा कातती हैं, तो पंजाब में उसे त्रिञ्जन कहते हैं।
2. पंजाब का प्रसिद्ध गीत
3. पंजाब के अमर प्रेमी
4. दूल्हा और दुल्हन के कपड़ों को बाँधने की रस्म।
5. साठ सहेलियाँ दरवाजें पर खड़ी मेरी बाट जोह रही हैं, पर मेरे मन में किसी से मिलने का चाव नहीं, ऐ मेरे पिता सुन।
6. ऐ पिता, गलियाँ संकरी हो गयी हैं, अपना आँगन अब मेरे लिए परदेश हो गया है।
7. इस त्योहार पर सावन में लड़कियों के लिए मेले लगते हैं और आनन्द मनाया जाता है।
8. नाक का जेवर।

खिलौने

जब सुबह का धुँधला प्रकाश आस-पास के ऊँचे मकानों को पार करके अहाते में से होता हुआ उसकी अँधेरी कोठरी तक पहुँचा, तो बूढ़े खिलौने वाले ने आँखें खोली। प्रभात के भिनसारे में उसके इर्द-गिर्द बिखरे हुए खिलौनों के ढेर, समुद्रतल से धीरे-धीरे उठती हुई चट्टानों की भाँति दीख रहे थे। अपने डोलते से हाथ धरती पर टिकाकर वह उठ बैठा और वहीं बैठे-बैठे, दुर्बलता के कारण हिलते-डोलते उसने अपनी कमर के मैले-कुचैले अँगोछे को ठीक किया, जिसमें कई पैबन्द लगे हुए थे और जिसका रंग मैल के कारण उसके शरीर तथा उस कोठरी की कालिमा ही का अंग बन गया था, फिर अपनी प्रायः ज्योतिहीन आँखों से टटोल कर उसने पास पड़ी लठिया उठाई और उसके सहारे उठ खड़ा हुआ।

कोठरी की चौखट में क्षण भर को रुक कर उसने अपनी मटमैली, प्रायः धूमलि आँखों से अहाते का निरीक्षण किया। यहाँ कोठरी से भी अधिक वीरानी छाई हुई थी, परे कोने में भट्टी खड़ी थी—बेरौनक और उदास—सन्तान की बहुलता से कारण रूग्ण पीतवर्ण माँ की भाँति। इस एक महीने के अन्दर न जाने उसने कितने झोल उतारे थे; पास ही पके लाल, किन्तु टूटे-फूटे, खिलौनों का ढेर लगा था; बाईं ओर चिकनी मिट्टी का तगार था जिसका तल सूख कर चटक गया था; बाकी अहाते में वे सब खिलौने अस्त-व्यस्त बिखरे पड़े थे जिन्हें उसका बेटा रूप और उसकी बहू कमला दिन-रात के कठोर परिश्रम के बावजूद तैयार न कर पाए थे। कर भी कैसे पाते—रूप तो मेले से कई दिन पहले दुकानों की नीलामी पर भाइयों से लड़-लड़ा कर, हाथ-पैर तुड़वा कर घर आ बैठा था—कितना

समझाया था। उसने कहा कि बेटा तू सब से छोटा है तुझे छोटा बन कर रहना चाहिये। वे बुरे सही पर तू क्यों बुरा बनता है। किन्तु उसकी कौन सुनता है? उसे तो सब मूर्ख, नकारा और अपाहिज समझते थे।

वहीं चौखट पर खड़े-खड़े उसने देखा—सैनिकों की एक लम्बी पंक्ति रंगी हुई खड़ी है, किन्तु इन पर रोगन नहीं हो सका। एक ओर घोंसले बने रखे हैं, चिड़ियों का भी ढेर लगा है, किन्तु उन्हें घोंसलों में बैठाया नहीं जा सका; बन्दर और वे तने जिन पर उन्हें कलाबाजी लगानी थी दोनों अव्यवस्थिति पड़े हैं और फिर आमों, संगतरों, नाशपातियों, लोकाटों, सेबों, अंगूरों, मक्की के भुट्टों और बाजरे के सिट्टों के ढेर के ढेर पड़े हैं—उसके अन्तर की गहराई से एक दीर्घ निःश्वास निकल गया। और फिर लठिया के सहारे वह काँपता-डोलता बाहर की ओर चल पड़ा।

किवाड़ के साथ नुमाइशी खिलौने थे। रूप इनमें से कुछेक ही समाप्त करके साथ ले जा पाया था। शेष सब अपूर्ण पड़े थे, वृक्ष के तने का एक भाग था, जिसकी खोह के मुँह पर एक तोता बैठा था और दूसरा दाखिल हो रहा था। हिरणों की एक सुन्दर जोड़ी थी—कान उठाए, गर्दन न्योराए, चौकन्नी और चुस्त। एक परी थी—पंख पसारे अनजाने आकाशों में उड़ जाने को प्रस्तुत। अपनी धुँधली पथराई सी आँखों से बूढ़े ने उन सब खिलौनों को देखा। यद्यपि ये खिलौने उसी के बनाए हुए सांचों पर उतारे गए थे, किन्तु वह हस्तलाघव और रंग और रोगन की वह सुदक्षता कहाँ? इनमें से हरेक वह दस-दस बीस-बीस को बेच आया करता था, किन्तु अब ये कौड़ियों के मोल बिकते थे। उसके ये बेटे—उन्हें भी वह अपने खिलौने ही समझा करता था पर अब तो उन सबने उसे खिलौना समझ रखा था—निष्प्राण और निर्जीव-सा खिलौना! माथे को ठोक कर उसने किवाड़ बन्द किए और ताला लगा दिया।

पड़ोसी बनिये की हवेली के सामने बाजा बज रहा था, शायद बनिया अपने पहलोठी के बच्चे को लेकर बाबा सोडल की मन्नत पूरी करने जा रहा था। सोडल बाबा है जो दूध पूत के दाता। जब उसके घर कोई

सन्तान न हुई थी, तो उसने भी सोडल बाबा की मन्नत मानी थी कि जब उसके घर बच्चा होगा तो वह उसे लेकर बाजे-गाजे के साथ सोडल बाबा की सेवा में उपस्थित होगा। और जब उसके घर जग्गू हुआ तो मेले के ग्यारह दिन पहले उसने स्वयं चार प्यालों में गेहूँ बोए थे, प्रतिदिन सुबह शाम उन्हें शुद्ध पवित्र जल से सींचा था और यह देख कर उल्लास उसके अंगों में न समा पाता था कि पड़ोसियों के प्यालों के पीले जर्द अंकुरों की अपेक्षा उसके प्यालों के पौधे गहरे हरे रंग के हैं और दो-दो बालिश्त ऊँचे है, इस सबका अर्थ यह था कि सोडल बाबा उस पर खूब प्रसन्न है। बाबा की पूजा के निमित्त मठरियाँ बनाने के लिए वह अत्युत्तम गेहूँ लाया था, मोटे-मोटे शर्बती रंग के सूप में फटक कर और पानी में भिगोकर उसने उन्हें बिलकुल साफ किया था, और फिर ग्यारह दिन उन्हें धूप में सुखाया था। इस बीच में वह स्वयं उनकी रखवाली करता रहा था, ताकि देवता के चरणों में चढ़ने से पहले कोई चिड़िया उन्हें जूठा न कर जाए। मेले की पहली रात को उसने स्वयं अपनी पत्नी के साथ बैठ कर मठरियाँ, शकरपारे और पापड़ियाँ बनाई थी और जब मेले के दिन प्रातः दोनों हाथों में पूजा की थाली और गेहूँ के प्याले थामे बाजे के पीछे अपनी पत्नी और बच्चे के साथ वह सोडल की पूजा के हेतु चला था तो दूध और पूत देने वाले सोडल के प्रति उसका मन श्रद्धा-भक्ति से ओत-प्रोत हो उठा था।

उस दिन की याद आते ही एक काले-कलूटे रोगी से युवक का चित्र उसकी आँखों के सामने घूम गया—पतले-पतले हाथ-पावों और तिली के कारण बढ़ा हुआ पेट। यह जग्गू था—उस का पहलोठी का लड़का—जिसके जन्म पर बाजे-गाजे के साथ वह सोडल के मेले पर गया था, जिस के जन्म के साथ ही उसके मन में सुन्दर सपनों ने जन्म लिया था, किन्तु समय के साथ उसके सपने भी जग्गू ही की भान्ति पीले बीमार और बेढंगे हो गए थे।

उसने बाबा सोडल की खूब मन्नतें मानी थीं और प्रतिवर्ष बड़ी श्रद्धा से उनकी पूजा करता रहा था, और सोडल बाबा ने भी दूध और पूत से

खूब ही उसकी गोद भरी थी। जग्गू के बाद उसके तीन लड़के हुए थे—सुन्दरी, हरि, और रूप! बाबा सोडल हैं भी तो दूध पूत के दाता—किन्तु उनका काम दूध पूत देना भर है शेष जीवन से उन्हें कोई सरोकार नहीं—बाद को दूध चाहे फट जाए और पूत चाहे कपूत हो जाए।

दूध फट गया था और पूत कपूत हो गये थे। और वह अपने भाग्य को कोसता, भय और चिन्ता से चूर, भीड़ से बचता-बचता, दुर्बलता के कारण काँपता-काँपता लठिया के सहारे चला जा रहा था। उसके सामने एक तूफान उठ रहा था और उसे अनुभव होता था जैसे यह तूफान उसके नीड़ के अन्तिम तृण तक बिखेर कर रख देगा, और वह चाहता था कि वह उड़ कर वहाँ पहुँच जाए और पंख फैला कर, सीना ताने तूफान के सामने खड़ा हो जाए, अपने घोंसले को बचा ले, अपने बच्चों को बचा ले, किन्तु उसकी दशा उस पक्षी की सी थी, जिसके परों में इतनी भी शक्ति न रही हो कि वे पूरी तरह फैल सकें।

चारों भाइयों की दुकानें जमीन के एक ही टुकड़े पर साथ लगी हुई थी। पहले इस टुकड़े पर एक केवल एक दुकान लगती थी, फिर दो लगने लगीं, फिर तीन हो गईं और अब थीं चार! प्रकट वहाँ अब भी एक ही दुकान लगी प्रतीत होती थी, किन्तु वास्तव में रूप और उसके भाइयों की दुकानों में एक अदृश्य दीवार आ खड़ी हुई थी।

प्रातः इधर श्रद्धालु बाबा सोडल के दर्शनार्थ आने लगे, उधर चारों भाइयों में होड़ लग गई, सोडल के भक्त बड़े दरवाजे से आते और तालाब के पास बैठे हुए पुजारी के सामने पूजा के निमित्त लाई हुई मठरियाँ ढेरी करके, प्यालों को तालाब की सीढ़ियों पर फेंक, स्नान करते, फिर अपने पूर्वजों को पानी चढ़ाते और एक-एक पुरखे का नाम लेकर ग्यारह-ग्यारह बार तालाब की मिट्टी निकालते, तत्पश्चात सपरिवार सोडल बाबा के मन्दिर की परिक्रमा करते और खोंचे वालों की असंख्य दुकानों से खाते और बच्चों को खिलाते हुए खिलौनों की इन चारों दुकानों के सामने से गुजरते, क्योंकि लौटने का दरवाजा इन दुकानों के पार्श्व ही में था।

रूप की दुकान सबसे आगे थी, उसके बाद हरि की, फिर सुन्दरी की और आखिर में जग्गू की। रूप की चोटें अभी तक ठीक न हुई थीं। वह दुर्बल भी था इसलिए चुपचाप गद्दी पर बैठा था। उसके मोहल्ले के दो एक लड़के (मात्र विनोद के लिए) और कुछेक युवक (महज आँखें सेंकने के हेतु) उसके काम में हाथ बंटा रहे थे। महीनों घर की कारा में बँधी तरुणियाँ अवसर पाकर मेले में स्वच्छन्द मृगियों की भाँति विचर रही थीं। और इस उन्मुक्त सौन्दर्य का प्रदर्शन करने के लिए खिलौनों की इन दुकानों से अच्छा कोई स्थान न था। मेले से लौटते हुए लोग इन्हीं दुकानों के आगे से होकर गुजरते, इनमें से अधिकतर खिलौने भी खरीदते तब खिलौने लेते समय किसी युवती की आँखों में आँखें डाल देना अथवा रजत हाथों या मृदुल अँगुलियों के स्पर्श का आनन्द ले लेना कोई कठिन बात न थी। और वे सब युवक बड़े उत्साह से खिलौने बेच रहे थे।

ज्यों-ज्यों रूप के खिलौने ज्यादा बिकते, हरि और सुन्दरी के मन में धूल-सी उठती—ईर्ष्या और द्वेष की धूल। रहा जग्गू तो वह ईर्ष्या और द्वेष से परे था। अपने फूले हुए पेट, कंकाल मात्र शरीर, लकड़ियों से सूखे हाथ-पाँव को लिए वह भीगी मिट्टी की तरह पड़ा था। सहसा हरि एक स्टूल पर खड़ा हो गया और आवाजें देकर खिलौने बेचने लगा। उसकी देखा-देखी सुन्दरी भी उठा, किन्तु रूप की दुकान पर एक के बदले दो लड़के खड़े हो गए।

रूप के ओठों पर विजय की एक हल्की-सी मुस्कान फैल गई। उसके तृप्त हृदय को निमिष भर के लिए सान्त्वना मिली। इस दुकान के लिए उसने अन्य भाइयों से छः रुपये अधिक दिए थे। हाथ-पाँव तुड़वाए थे, सात दिन तक निर्जीव-सा पड़ा रहा था, किन्तु अपनी इस सफलता को देख कर उसको जैसे अपने समस्त कष्टों का फल मिल गया। काश, वह सारे खिलौने समाप्त कर पाता!

वास्तव में जग्गू और सुन्दरी की अपेक्षा उसे हार पर क्रोध था। यद्यपि जग्गू सबसे पहले अलग हुआ था, किन्तु उसकी पृथकता से भाइयों में

किसी प्रकार की होड़ का सूत्रपात न हुआ था और जब एक दिन सुन्दरी भी अपनी पुत्री को लेकर पृथक् हो गया तो भी परिवार परस्पर मिलते-जुलते थे और दुकानें एक ही टुकड़े पर लगती थी। किन्तु हरि ने अलग होकर उनके मध्य एक अगम्य खाड़ी बना दी थी। वह इतना चतुर और स्वार्थी था कि रूप उससे तंग आ गया था। दोनों बड़े भाइयों के अलग हो जाने के बाद रूप और हरि मिलकर काम करते थे। दोनों ने अपने विवाह पर कुछ ऋण ले रखा था। हरि ने रूप से कहा था—हम दोनों मिलकर यह ऋण चुका देंगे। पहले तुम मेरा ऋण चुकाने में मुझे यह सहायता दो, फिर मैं भी तुम्हारे साथ मिलकर तुम्हारा ऋण चुका दूँगा। और जब दिन-रात के परिश्रम से, दूसरे भाइयों की अपेक्षा दुगने तिगुने खिलौने बना कर, रूप और कमला ने हरि का ऋण चुका दिया था और जब रूप का ऋण चुकाने की बारी बाई थी, तो वह अलग हो गया था। इतना ही नहीं, उसने रूप के विरुद्ध दूसरे भाइयों को भड़काया भी था और फिर तीनों ने मिलकर उसके विरुद्ध एक मोर्चा लगा लिया।

रूप के मन में बगूला-सा उठा और उसने क्रोध भरी दृष्टि से हरि की ओर देखा और खिलौनों का मोल घटा दिया था। कड़क कर रूप ने अपने आदमियों से कहा—'इकन्नी वाली चीजों के दो-दो पैसे कर दो।' और लड़कों ने बड़े जोर से आवाज लगाई, 'इकन्नी वाले खिलौने दो-दो पैसे में' 'इकन्नी वाले खिलौने दो-दो पैसे में!'

काश, वह सारे के सारे खिलौने समाप्त कर पाता। दीवाली, दशहरा, ठंडड़ी, बाजड़े सब मेलों में उसके भाइयों के उसके मुकाबले में दुकान लगाई थी, किन्तु कुछ अपने परिश्रम और कुछ पड़ोसियों की सहानुभूति तथा सहायता के कारण वह अपने भाइयों से बाजी ले गया था। एक मेले के समाप्त होते ही वह और कमला दूसरे की तैयारी आरम्भ कर देते। वसन्त पंचमी के मेले में उसके भाइयों ने खिलौनों का मोल कम कर दिया था। इसलिए वह सोडल के लिये इतने खिलौने बना लेना चाहता था कि यदि इकन्नी वाले खिलौने पैसे-पैसे को भी बेचने पड़े तो, वह सबसे बाजी

ले जाए। और दिन रात के परिश्रम तथा उद्योग से उन्होंने अनगिनित खिलौने तैयार भी कर लिये थे। वसन्त पंचमी के बाद ही वह और कमला एक प्रबल, अन्धे हठ के अधीन सोडल के मेले की तैयारियाँ करने लगे थे। रात के पिछले पहर उठ कर, लैम्प के धीमे प्रकाश में, वे मिट्टी और सांचे ले बैठते और सुध-बुध खोकर सारा-सारा दिन खिलौने बनाने में निमग्न रहते। जब भूख लगती तो कुछ रूखी-सूखी खाकर फिर काम में जुट जाते। बैठे-बैठे थम जाते, तो रूप उठ कर नए खिलौनों के लिये मिट्टी का तगार बनाने लगता और कमला धूप में सूखे हुए खिलौनों को मिट्टी के पास ला रखती। वह मिट्टी बना लेता तो वह कमाने लगती। इस प्रकार थके हुए अंग कुछ खुल जाते तो फिर दोनों साँचे ले बैठते, शाम का भोजन भुने हुए चनों से हो जाता। साथ-साथ काम होता, साथ-साथ पेट को ईंधन दिया जाता। दिन चढ़ता-ढलता और अस्त हो जाता किन्तु उनके उत्साह में कमी न आती। उसी निष्ठा से वे काम में लगे रहते। रात का एक-एक पल जाता, किन्तु उनकी स्फूर्ति थकने का नाम न लेती, उनके हाथ उसी वेग से चलते। खिलौनों से फालतू मिट्टी उसी गति से उतारी जाती, सूखे हुए खिलौनों पर सफाई के लिये पानी का हाथ उसी तेजी से फेरा जाता—और उन्होंने इतने खिलौने बना लिये थे कि यदि वह सब पूरे हो जाते। उन पर रंग-रोगन हो जाता, तो रूप अपने भाइयों को ऐसा पढ़ाता ऐसा पढ़ाता, चाहे फिर वे इकन्नी का खिलौना अधेले ही में बेचते किन्तु उसके ये क्रूर भाई—टुकड़ों की नीलामी पर उन्होंने उसे बुरी तरह पीटा था और वे सब खिलौने अधूरे ही पड़े रह गए थे।

बात यह थी कि जहाँ पहले सब भाई मिलकर एक टुकड़ा आठ रुपये का ले लेते थे वहाँ अब उसी एक टुकड़े को चार भागों में विभक्त किया गया था, रूप के भाई चाहते थे कि अन्तिम टुकड़ा रूप को दिया जाए क्योंकि वह सब से छोटा है, किन्तु सब से अन्त में स्थान पाने का अर्थ यह था कि उसका एक खिलौना भी न बिके। उसके ये 'दयावान' भाई कब किसी ग्राहक को उस तक पहुँचने देते इसलिये वह अड़ गया था कि

लेगा तो पहला टुकड़ा ही लेगा। इस पर उन चारों टुकड़ों में से पहला नीलाम हुआ था और पहले जहाँ सारे का सारा टुकड़ा आठ रुपये को बिकता था वहाँ उसका चौथा भाग आठ को बिका, रूप ने उसे ले लिया, यद्यपि शेष टुकड़ों की बोली न हुई थी और उसके भाइयों को तीनों टुकड़े छः रुपये में मिल गए थे किन्तु पहले टुकड़े के चले जाने का खेद उनके मन में बना रहा, रास्ते में उन्होंने रूप को गालियाँ दीं और जब उसके मुँह से भी कुछ ऐसे वैसे शब्द निकल गए तो उन्होंने उसे खूब पीटा।

जब वह घर आया तो लोहूलुहान था—रूप के दिल का बगूला आँधी बन चला—उस समय उसकी दुकान के लड़के आवाजें लगा रहे थे, 'इकन्नी का खिलौना दो पैसे में'! 'इकन्नी का खिलौना दो पैसे में'। तब हरि चिल्लाया—'इकन्नी का खिलौना डेढ़ पैसे में'! रूप उठकर चीखा, 'इकन्नी का खिलौना एक पैसे में'।

'तुम्हें अपने बाप की सौगन्ध तुम बैठे रहो'—कमला ने विनीत स्वर में कहा और हाथ खींचकर उसे बैठा दिया। रूप की दृष्टि कमला की ओर गई—ज्यों ही एक खिलौना बिक जाता, विद्युत गति से वह दूसरा उसे देती। यदि कमला न होती तो वह कभी भी मेले में आने की सामर्थ्य न पाता—रात-रात भर वह उसे गरम ईंट का सेक देती रही थी, उसकी देखभाल करने के साथ न केवल वह उसके लिए औषधि आदि लाती और खाना पकाती, बल्कि वह खिलौने बनाती, पकाती और रंगती रही थी। उसमें कुछ ऐसा गुण था कि मोहल्ले भर के छोटे-छोटे बच्चे उनके आँगन में इकट्ठे हो जाते और हँसी-खुशी उनका हाथ बटाते। कोई बने हुए खिलौनों को उठा-उठाकर धूप में रखता, कोई सूखे हुए खिलौनों को पकाने के लिए इकट्ठा करता, कोई पके हुए खिलौनों को खड़िया मिट्टी में रंगता और बीसियों छोटे-छोटे काम पलक झपकते हो जाते। बीमारी के उन छः-सात दिनों के रूप को अपना कष्ट तनिक भी महसूस न हुआ था। इस समय जब दूसरे भाइयों की पत्नियाँ रंग-बिरंगी धोतियाँ पहने, मिस्सी से ओठ रँगे, सर में सरसों का तेल, आँखों में काजल और माथे पर बिन्दी

लगाए, मेला देख रही थीं, कमला वही मटमैली धोती पहने उसका हाथ बंटा रही थी—और उसके मैके में किसी ने कभी मिट्टी को हाथ तक न लगाया था—तभी रूप ने देखा कि हरि उसकी दुकान के सामने खड़े ग्राहकों को आवाजें दे रहा है। क्रोध से वह उठा—उसके दिल की आँधी तूफान बन चली। उस समय हरि ने उसके एक ग्राहक को कन्धे से खींचा। रूप ने ललकार दी। हरि ने उत्तर में गाली। रूप का क्रोध उसकी आँखों में लाली बन गया। उसने लाठी उठा ली और फलांग कर दुकान के नीचे आ गया।

बूढ़ा भीड़ से बचता-बचाता काँपता डोलता चला जा रहा था—ये इतने असंख्य लोग—ये सब खिलौने ही तो हैं किन्तु ये सब अपने बनाने वाले को भूले हुए हैं—ठीक उसी प्रकार जैसे उसके खिलौने उसे भूल गए थे। किन्तु शायद वह महान निर्माता भी उसकी भाँति बूढ़ा हो चला है।

उसने एक दीर्घ निःश्वास लिया। यह इतना रास्ता जो कभी वह खिलौनों का सबसे बड़ा टोकरा उठाए एक डेढ़ घंटे में तय कर लेता था अब कठिनता से तीन चार घंटे में पार कर पाया था। सहस्रों लोग सोडल की पूजा करके अपने कामों पर जा लगे थे। वह शायद लौट जाता, शायद थक कर रास्ते में बैठ जाता, किन्तु एक अज्ञात प्रेरणा उसे बरबस आगे धकेल रही थी। उसकी आँखों के सामने तूफान, प्रतिक्षण उग्र रूप धारण कर रहा था। उसे लोगों की भीड़, खोंचेवाले, सबीलें, दुकानें, कुछ भी दिखाई न दे रहा था और वह अनुभव कर रहा था जैसे यह तूफान उसके नीड़ के तिनके-तिनके बखेर देगा। वह इस तूफान के सामने छाती फुला कर डट जाना चाहता था।

बड़ी कठिनाई से स्वयं-सेवकों की मिन्नत करके वह दुकानों के पीछे से दाखिल हुआ। किन्तु जब वह दुकानों के पास पहुँचा तो तूफान उसके घोंसले को अपनी लपेट में ले चुका था। लाठियों के प्रहारों से खिलौनों की दुकानें बिखर चुकी थीं और भाई-भाई एक-दूसरे पर टूट चुके थे। बूढ़े का कम्पन सहसा बन्द हो गया, उसकी कमर न जाने कैसी सीधी हो गई,

उसकी थकान न जाने कहाँ उड़ गई—क्षण भर के लिए उसने अनुभव किया जैसे वह वही पुराना खिलौने वाला है, और वे उसके बनाए हुए खिलौने हैं जो आपस में गड़बड़ हो रहे हैं और उसे उनको फिर यथास्थान रख देना है, और वह लठिया उठाए हुए उस तूफान में घुस पड़ा।

मेला समाप्त हो गया—रूप, हरि और सुन्दरी मेले के अस्पताल में पट्टियाँ बाँधे पड़े थे—चारपाइयाँ, लकड़ी के तख्ते और टीन के खाली कनस्तर, जिनसे यह दुकाने खड़ी की गई थीं और वे खिलौने, जो उन दुकानों से सजाए गए थे, सब बिखरे पड़े थे और उन सबके मध्य एक औंधी चारपाई के नीचे बूढ़ा खिलौने वाला पड़ा था—संसार के उस आदि कलाकार की भाँति बेबस, जिसने खिलौने बनाकर उन पर अपना अधिकार खो दिया है, और स्वयं एक खिलौना बन गया है—निष्पन्द और निष्प्राण! लठिया अब भी उसके हाथ में उठी हुई थी, मानो वह अब भी उस तूफान का सामना करना चाहता था, किन्तु वह अज्ञात प्रेरणा शायद यहाँ आकर खत्म हो गई और उसके मुँह पर मक्खियाँ भिनभिना रही थी।

मरुस्थल

मौन और गम्भीर ज्ञान भी अपने दिल की दुनिया में इतने तूफान छिपाये हुए होगी, यह मैंने स्वप्न में भी नहीं सोचा था। एक ऐसे स्कूल के संचालक की हैसियत से, जिसमें हर उम्र की स्त्रियाँ पढ़ती थी, मुझे नारी-हृदय की गहराइयों में पैठने का, पैठकर उसमें उठनेवाली हलचलों को जानने का काफी मौका मिला है। पर अपने सारे अनुभवों के साथ मैं अन्त तक भी ज्ञान के दिल को न पहचान सका।

मेरे पास जो लड़कियाँ या विधवाएं पढ़ने के हेतु आती थीं, मुझे सदैव अपने दुःख-दर्द का साथी बना लेती थीं, अपने घरेलू मामलों में मेरी राय पूछती थीं, मुझसे परामर्श लेती थीं और मैं भी अपनी बुद्धि के अनुसार उनकी कठिनाइयों को हल करने का प्रयास करता था। चंचल लड़कियाँ अपने स्वभाव से विवश होती हैं, उनसे किसी मामले में चुप नहीं रहा जाता। और कोई ऐसी बात, जिससे उनके दिल को दुःख पहुँचा हो, वे अपने दिल में नहीं रख सकतीं और दुखी औरतें—वे प्रायः किसी ऐसे हमदर्द की तलाश में रहती हैं, जिससे वह अपना गम बटा सकें। ऐसी स्त्रियाँ, मेरे सामने अपने दुःख-दर्द ऐसे खोल देतीं, जैसे मैं उनका सगा होऊँ। लेकिन ज्ञान इस नियम का अपवाद थी। उसकी जबान से मैंने कभी कोई बात नहीं सुनी। कोई शिकायत, कोई गिला मेरे सामने उसकी जबान पर न आया। मुझे न मालूम हुआ, वह अपनी हालत पर सन्तुष्ट है अथवा असन्तुष्ट! सुखी है या दुःखी! हाँ, अपने तौर पर मैंने उसके सम्बन्ध में काफी जानकारी प्राप्त कर ली थी, और इसीलिये औरों की अपेक्षा उससे मुझे सहानुभूति भी ज्यादा थी।

ज्ञान निर्धन माँ-बाप की बेटी थी, किन्तु इकलौती होने के कारण लाड़ली थी। माँ ने नाजों से पाला था और बाप ने भी मरते दम तक आँखों की पुतली बना कर रखा था, किन्तु उसकी मृत्यु के बाद घर की दशा और भी बिगड़ गयी थी और इसीलिए ज्ञान में वह शोखी और चंचलता न आयी, जो अमीरों की लाड़-चाव में पली हुई लड़कियों का गहना बन जाती है। उसका विवाह भी अच्छी जगह हुआ था। उसकी माँ ने अपनी ओर से अच्छा घर ढूँढ़ा था, लेकिन इसे ज्ञान का दुर्भाग्य ही समझिये कि उसे सुख नसीब न हुआ। संसार में सुख यदि मनुष्य की देख-भाल पर निर्भर हो, तो कोई दुखी ही क्यों हो। कौन जानता है कि लाख सोच-विचार के बाद हम जिस चीज को अपने सुख के लिये अपनाते हैं, वही हमारे दुख का कारण न बन जायेगी। ज्ञान का पति देवदत्त चाहे बाहर से कितना भोला-भाला, दयानतदार और ऊँचे विचारों का आदमी क्यों न प्रतीत होता हो, पर अन्दर से परले सिरे का विषयासक्त, दुराचारी और लम्पट था। उसकी सौम्य मूर्ति, घुटी हुई पंडितों जैसी पगड़ी और मीठी-मीठी बातें वास्तव में शिकार के लिये दाने का काम देती थीं और इस मामले में वह सदैव सफल रहता था। ज्ञान को बहुत जल्द इस बात का अनुभव हो गया, किन्तु वह चुप रही। अपने पति की इच्छाओं में अपनी इच्छाओं को बलिदान करना उसने खूब सीख लिया था। और फिर वह निर्धन गरीब विधवा की बेटी है, इस बात को वह न भूली थी।

एक औरत थी कृष्णप्यारी। थी तो विधवा, पर बनाव-शृंगार में सुहागिनों को भी मात करती थी। उसका रंग-ढंग, चाल-ढाल, वेश-भूषा देखकर कौन कह सकता था कि उसके जीवन की ज्योति बुझ गयी है, उसका संसार सूना हो गया है। इसके विपरीत जीवन की समस्त उच्छृंखलता, समस्त मस्ती उसके रोम-रोम से टपकती थी। बोलती थी तो ओठों को मुस्कराहट की हद तक ले जाती थी, चलती थी तो नजाकत को शरमा देती थी, देखती थी तो जादू-सा कर देती थी। आयु भी कोई बहुत न थी, यही कोई बाईस-तेईस वर्ष। देवदत्त उसी का शैदाई था।

कृष्णप्यारी तक पहुँच मुश्किल हो, यह बात न थी, पर देवदत्त चाहता था—पारसाई और नेकनामी पर धब्बा भी न आवे और काम भी बन जाये। टट्टी की ओट में शिकार खेलना उसे अधिक पसंद था। आखिर उसने तरकीब सोच निकाली। क्यों न ज्ञान द्वारा यह काम निकाला जाय। कृष्णप्यारी एक पाठशाला में अध्यापिका थी। उसने उसे ज्ञान को पढ़ाने के लिए रखने की सोची। वह ज्ञान से सदैव पढ़ने के लिए जोर दिया करता था। चालाक बीमा-एजेन्ट के साथ यदि एक शिक्षित पत्नी भी हो, तो फिर क्या चाहिए! जिस दावत पर आमन्त्रित होकर जायेगा, दो-एक पालसियाँ ले ही आयेगा। ज्ञान को भी उसने समझाने की कोशिश की थी, किन्तु शायद उसके मस्तिष्क में यह बात न आयी थी या शायद उसे लज्जा-शर्म को तज कर आबरूबाखताओं की तरह दावतों पर जाना और हर ऐरे-गैरे की वासनापूर्ण निगाहों का शिकार बनना पसन्द न था, इसलिए वह इस बात पर राजी न हुई थी, इसके अतिरिक्त पाठशाला में पढ़ने के निमित्त जाते हुए भी उसे शर्म आती थी, लेकिन जब देवदत्त का अनुरोध बढ़ गया और उसने कहा कि पढ़ने के हेतु तुम्हें कहीं जाना न पड़ेगा, मैं तुम्हारे पढ़ाने के लिए मिस्ट्रैस रख दूँगा, तो वह मान गयी।

और फिर कृष्णप्यारी आयी। अपनी चंचलता और बेबाकी के साथ, मन्त्र जगाती हुई, जादू फूँकती हुई। देवदत्त भी उस समय घर रहने लगा। ज्ञान सब कुछ समझ गयी। वह अपने पति की आदत जानती थी। एक बार पहले भी उसके पति ने उसको अपने उद्देश्य की पूर्ति के लिए साधन बनाया था। एक पड़ोसिन से उसकी आँख लड़ गयी थी। उसने कई तरह की युक्तियों से, कई तरह की दलीलों से ज्ञान को उससे परिचय प्राप्त करने, उससे राह-रस्म बढ़ाने के लिये बाध्य किया था। ज्ञान चुपचाप वैसे ही करती रही थी। पड़ोसिन से राह-रस्म उसने बढ़ा ली थी; उसे अपने घर बुलाना उसने शुरू कर दिया था। दूसरी स्त्रियों की तरह ज्ञान न थी, अपने पति की प्रसन्नता के लिए वह अपना सब कुछ छोड़ने को तैयार हो जाती थी, और जब उसके सामने उसकी पड़ोसिन घर आती रही और

उसके पति से हँसती-बोलती रही, तो उसने सब कुछ देखकर भी नहीं देखा, सब कुछ जानकर भी नहीं जाना, और सब कुछ समझ कर भी नहीं समझा। उसने कभी अपनी पड़ोसिन से झगड़ा नहीं किया, उसे बुरा-भला नहीं कहा, अपने पति से जिक्र तक नहीं किया, अपने दिल के भावों को दिल ही में छिपाकर वह अपने भाग्य पर सन्तोष करके बैठी रही।

कृष्णप्यारी के सिलसिले में भी वही हुआ, जो रूप और प्रेम की दुनिया में पहले कई बार हो चुका है।

आँखें लड़ीं, मुस्कानों का लेन-देन हुआ, बातों की राह निकाली गयी और ज्ञान की शिक्षा ताक पर धरी रह गयी। किन्तु देवदत्त इस बार अपने चुनाव में चूक गया। कृष्णप्यारी काफी बदनाम थी। उनके घर उसका आना ही उसके लिए जहर बन गया। पास-पड़ोस में तरह-तरह की बातें होने लगीं। ज्ञान के कान पड़ोसिनों के ताने सुनते-सुनते थक गये। पति से झगड़ना उसे पसन्द न था और अंगारों पर दिन-रात रहना अब उसके लिए असह्य हो गया। दिन-रात सोचते-सोचते वह थक गयी, अन्दर ही अन्दर घुलते-घुलते उसका शरीर दुर्बल होता जा रहा था। आखिर उसने इन सब बातों का एक हल ढूँढ़ निकाला। वह एक दिन चुपचाप मैके चली आयी।

मैके से उसके दुर्भाग्य की बात उससे भी पहले पहुँच चुकी थी। दिन-भर तो माँ चुप रही। इतने दिन बाद लड़की आयी थी, आते ही उसके दुख की बात करना माँ ने उचित न समझा, पर रात को जब दोनों सोने लगीं, तो माँ ने उसका सिर अपनी गोद में लेकर पूछा, 'ज्ञानो, यह मैं कुछ दिनों से क्या सुन रही हूँ?'

ज्ञान चुप रही। माँ ने फिर कहा, 'यह देवदत्त और किसी उस्तादिनी के सम्बन्ध में, मुझे न बतायेगी, अपनी माँ को अपने दुख से भिज्ञ न करेगी?'

ज्ञान के मौन का बाँध टूट गया। रोकर उसने अपने दुख की सारी

कहानी माँ से कह दी। रोते हुए माँ ने अपनी बदकिस्मत लड़की को अपनी वृद्ध भुजाओं में भींच लिया। ज्ञान ने महसूस किया, जैसे वह कुछ हल्की हो गयी है, जैसे उसके दिल में धधकती हुई इतने दिनों की आग ठण्डी पड़ गयी है।

बहुत दिनों के बाद ज्ञान आराम से सोयी। लेकिन माँ को नींद न आयी। उसने बड़ी मुसीबतें देखी थी, बहुत कुछ सहा था, पाल-पोस कर बड़े किये अपने लड़कों को एक-एक करके मरते देखा था। धन-सम्पत्ति को नष्ट होते देखा था, उसके फिराक में अपने पति को पागल होकर, जर्द और पीला होकर अपनी सुध-बुध भुला कर मरते देखा था; पर इन सब मुसीबतों में, इन सब विपत्तियों में वह चट्टान की भाँति खड़ी रही थी, वह पागल न हो गयी थी, मर न गयी थी, क्यों?—केवल अपने पति की अन्तिम निशानी, अपने कुल की आखिरी शमा को जीवित रखने के लिये। उसने दुख उठाये, आपत्तियाँ झेलीं, लेकिन ज्ञान को यथाशक्ति आराम पहुँचाया और देवदत्त को वर की हैसियत में उसके लिए ढूँढ़ कर वह सुखी थी। सोचती थी, अब किसी दिन चुपके से यह जीवन-लीला समाप्त हो जाय, तो वह अपने साथी से जा मिले, जो न जाने कब से उसकी प्रतीक्षा कर रहा था।

लेकिन यह दुर्भाग्य! माँ सिहर उठी। अपनी लाड़-चाव से पाली हुई बच्ची का जर्द चेहरा उसके सामने फिरता रहा। सारी रात वह सोचती रही, क्या करे? उसके पास धन नहीं, पैसा नहीं, वह गरीब है, निर्धन है, साधनहीन है—तो क्या अपनी भोलीभाली लड़की को उस पिशाच के हाथों टुकड़े-टुकड़े होने के लिए छोड़ दे। न, वह ऐसा न कर सकेगी, मरते दम तक ऐसा न करेगी। सुबह उठी तो उसके चेहरे पर दृढ़ संकल्प के आसार थे, उसने फैसला कर लिया था कि वह ज्ञान को उसके पति के पास कभी न रहने देगी।

ज्ञान के चले आने से देवदत्त को भी चिन्ता पैदा हो गयी। अब

कृष्णप्यारी को बुलाने के लिये कोई बहाना न था, एक-दो बार वह आयी तो मुहल्ले में शोर मच गया। बहू-बेटियों के दरम्यान पाप का यह नाटक खेलने पर पड़ोसियों ने उसको आड़े हाथों लिया। एक-एक बात की बीस-बीस बातें बनी, बदनामी हुई, अपमान भी हुआ और आख़िर सोच-विचार कर देवदत्त ने ज्ञान को मना लाने का फैसला किया। एक दिन वह ज्ञान को लेने आया, किन्तु मुँह लटकाये हुए वापस गया। ज्ञान की माँ ने उसे बहुत बुरी-भली सुनायी और कहा कि वह अपनी लड़की को उस जैसे चरित्रहीन के घर न भेजेगी। ज्ञान रोयी भी, जाने के लिए तैयार भी हुई, पर माँ ने उसे रोक दिया, कहा–'मुझे जरा-सा विष घोल कर पिला जा, फिर चाहे चली जा, मुझसे नित तिल-तिल करके नहीं जला जाता। और उस दिन से ज्ञान का वैवाहिक जीवन प्रायः समाप्त हो गया।'

इन्हीं दिनों से मैंने विधवाओं के लिए एक पाठशाला खोली थी, किन्तु चूँकि उस ओर कोई पाठशाला न थी, इसलिए लड़कियाँ भी वहाँ पढ़ने के लिए आ जाती थीं। मेरी पत्नी पुष्पा इस काम में मेरा हाथ बटाती। वह स्वयं भी मैट्रिक थी और सच बात तो यह है कि मैंने यह काम उस के अनुरोध पर ही आरम्भ किया था। नौकरी तो आज-कल जैसी हालत है, किसी से छिपी नहीं और एक बार जब रिटायरमेंट (नौकरियों में कमी की सरकारी नीति) की लपेट में आया, तो फिर लाख सिर पटकने पर कहीं दूसरी जगह काम न पा सका। मेरा सौभाग्य था कि पत्नी सुशिक्षित थी, समझदार थी, नहीं तो यदि कोई अनपढ़ पल्ले पड़ जाती, तो मेरा बोझ हल्का होने के बदले भारी हो जाता। मैंने उसके कहने के अनुसार पाठशाला खोल दी, चल भी वह खूब निकली। उन दिनों हमारा जीवन उल्लास का एक न समाप्त होने वाला संगीत था, काम खूब करता था, लेकिन कभी थकावट महसूस न होती थी। मैंने जो रास्ता पकड़ा था वह कुछ खतरनाक तो था, जरा चूक जाने का मतलब अथाह गहराइयों में जा गिरना था, अपमान और बदनामी का सामना करना था, किन्तु पुष्पा के होते हुए मुझे साहस था और मुझे निश्चय था कि मैं इस फिसलते मार्ग

पर भी निर्विकार रूप से चल सकूँगा। पुष्पा भी मेरे साथ पढ़ाती थी और स्वयं पढ़ती भी थी, बीए करने का उसने इरादा कर रखा था। उसके होते हुए मुझे किसी बात का डर न था। पाठशाला दिनों ही में निकली थी और हमने मिडल और मैट्रिक की शिक्षा तक का प्रबन्ध कर दिया था।

ज्ञान की माँ पड़ोस ही में रहती थी, उसने मुझे और पुष्पा को सब बातें बता दी थी। पुष्पा ने ही सलाह दी थी कि ज्ञान मिडल पास करके जेवी कर ले और उसी दिन से ज्ञान हमारे स्कूल में पढ़ने लगी थी। मैं उसके स्वभाव को देखकर हैरान रह गया था। वह जिस जगह बैठती थी, बैठी रहती थी, जिस जगह खड़ी होती थी, खड़ी रहती थी, बहुत ऊँचे बात करते मैंने कभी उसे न सुना, आयु यद्यपि उसकी बहुत न थी, तो भी लड़कियों की भाँति शोर मचाते मैंने उसे न देखा—सौम्य और गम्भीर, यह थी ज्ञान। मेरे सामने बिलकुल न बोलती, न मुझ से कोई बात ही पूछती, यदि कुछ कहना भी होता, तो पुष्पा से जा कहती। इस लम्बे अरसे में उसने कोई भी सहेली न बनायी, न ही विधवाओं से और न कुँवारियों में, शायद इसलिए कि वह इन दोनों में से ही न थी।

तीन वर्ष में ही उसने मिडल पास कर लिया और उसकी माँ की गरीबी का खयाल करके, अपने स्कूल ही में मैंने उसे 10 रुपये पर पहली-दूसरी श्रेणी को पढ़ाने का काम दे दिया।

इस बीच में मुझे ऐसा महसूस होने लगा, जैसे ज्ञान भीतर ही भीतर कुछ दुखी रहती है। यद्यपि शिक्षा प्राप्त कर लेने के बाद भी उसकी गम्भीरता वैसे ही बनी थी, पर कुछ अरसे से उस अन्तर-वेदना की एक हल्की-सी रेखा भी प्रतिबिम्बित रहने लगी थी और तब मैंने समझा था—शायद इसे पति के वियोग का दुख है, शायद माँ की जिद उसे अच्छी नहीं लगी, शायद वह अपने पति के पास ज़ाने को लालायित है। अपना यह विचार मैंने अपनी पत्नी के आगे भी रखा। उसने कहा—यद्यपि इस मामले में ज्ञान से मेरी कभी भी बात नहीं हुई, पर फिर भी मैं आप से कहने वाली थी, कि उसकी माँ को और देवदत्त को समझा-बुझाकर दोनों

का वैमनस्य दूर करा दिया जाय। यदि यह इस तरह यहाँ घुलती रहेगी, तो कदाचित ज्यादा देर तक न जी सकेगी।

सप्ताह के छः दिन तो हमें सिर उठाने का अवकाश न होता था, हाँ इतवार अपना था और कहीं आना-जाना, किसी से मिलना-मिलाना, उसी दिन होता था। जिस दिन मैंने अपनी पत्नी से परामर्श किया था, उसी दिन से मैंने ज्ञान के पति से मिलने की ठान ली थी; पर चूँकि उस दिन अभी शायद सोम या मंगल था, इसलिए शीघ्र ही इस काम को सर-अंजाम न दे सका। इस बीच में जितनी बार भी मैंने ज्ञान के चेहरे को देखा, मेरा सन्देह पक्का होता गया।

इतवार के दिन मैं देवदत्त से मिला। हम दोनों में बहुत देर तक बातें होती रही। वह अपने कृत्य पर दुखी था। जवानी की पतवार उसके जीवन की नाव को गंदले पानी में ले गयी थी, उस पर छींटे भी पड़ गये, पर वह उन्हें धो डालने के लिए तैयार था। ज्ञान की ओर से उसके दिल में कुछ बहुत रंज न था और जब मैंने ज्ञान की व्यथा का मार्मिक चित्र खींचा, तो यह रंज और भी दूर हो गया और उसने मुझे यहाँ तक कहा—''मास्टरजी, वास्तव में मैंने ऐसा महसूस किया है कि यदि मैंने किसी से सच्ची मुहब्बत की है, तो वह ज्ञान ही है, वरना जो मैं करता रहा हूँ उसे आप अन्धी वासना तो कह सकते हैं—प्रेम का उज्ज्वल नाम नहीं दे सकते।'' यह सब तो था, किन्तु माँ की ओर से उसके हृदय से गहरे घाव थे, उसके अपमान से वह जल उठा था और अपने स्वाभिमान को अपनी सास के आगे झुकाकर वह ज्ञान को न लाना चाहता था।

मैंने उसे यकीन दिलाया कि उसे अपने अभिमान को झुकाना न पड़ेगा और उससे छुट्टी लेकर मैं ज्ञान की माँ के घर पहुँचा। वह देवदत्त के सम्बन्ध की बात तक करने को तैयार न थी। मैंने उसे सब ऊँच-नीच समझाया, कहा, लड़की जवान है और समाज कठोर। लेकिन वह न मानी। आखिर मैंने उसका ध्यान ज्ञान की शारीरिक दशा की ओर आकर्षित

किया। जब मैंने कहा कि यदि वह इसी तरह गम खाती रही, तो बहुत दिन जीवित न रह सकेगी, अन्दर ही अन्दर घुलते-घुलते उसका रंग कपास के फूल की तरह जर्द हो गया है, उसकी आँखों के गिर्द गढ़े बन गये हैं और दिन-प्रतिदिन उसकी देह दुर्बल और क्षीण हो रही है, क्या तुम अपने हठ पर अपनी लड़की की बलि दे दोगी? तब ज्ञान की माँ मान गयी। फिर मैंने दोनों को एक दिन अपने घर आमन्त्रित किया और दोनों में सुलह करा दी। पर ज्ञान की माँ ज्ञान को उसी दिन भेजने के लिए राजी न हुई। उसने कहा–'चार साल मेरी लड़की मेरे घर रही, मैं गरीब ही सही, पर उसे कुछ दिये-दिलाये बिना कैसे विदा कर सकती हूँ!'

उसी दिन से ज्ञान ने पाठशाला में आना छोड़ दिया। इस ख्याल से कि उसकी माँ को रुपयों की आवश्यकता होगी, मैंने उसका सब वेतन उसके घर भेज दिया। इन कुछ दिनों में ज्ञान, मेरे और मेरी पत्नी के मध्य में बातचीत का विषय बन रही थी। हम प्रसन्न थे कि हमने एक लड़की को घुल-घुलकर खत्म होने से बचा लिया है, उसके उदास दिनों की दुनिया बदल दी है।

उस दिन रविवार था, ज्ञान की विदाई होनी थी, स्कूल में भी छुट्टी थी। ज्ञान की माँ ने मुझे पुष्पा दोनों को बुला रखा था। सुबह स्नानादि से निवृत्त होकर हम जाने के लिए तैयार हो रहे थे, पुष्पा ने 'शगुन' के तौर पर कुछ काजू और रुपये रूमाल में बाँध लिये थे, मैं शायद सीढ़ियों में उतर गया था कि हमें किसी के रोने की आवाज सुनाई दी। देखा तो ज्ञान की माँ सिर पीटती चढ़ी आ रही है, उसे तन-बदन का होश न था। मेरा दिल किसी दुर्घटना के ख्याल से बैठ गया, पुष्पा भी आश्चर्यान्वित-सी दहलीज में आ खड़ी हुई।

'क्या बात है?'–मैंने जल्दी-जल्दी सीढ़ियाँ उतरकर उससे पूछा।

'ज्ञान ने विष खा लिया है।'

मेरे पाँव-तले से धरती निकली हुई प्रतीत हुई, पुष्पा शायद चीख

उठी।

'मर गयी?'—मैंने पूछा।

'तड़प रही है, आप जरा जल्दी चलें!'

मैं एक क्षण भी नहीं रूका। मेरे पास ही डाक्टर अविनाशचन्द्र की दुकान थी, भागा-भागा उनके यहाँ गया, वह किसी रोगी को देख रहे थे, उनका हाथ पकड़कर जैसी खींचता हुआ-सा मैं उन्हें ले आया। बाजार में एक ताँगा जा रहा था, उसी पर हम बैठ गये। घर तो पास ही था, दो मिनट में पहुँच गये। किन्तु उसने शायद सायनेट खा लिया था और उसकी नस-नस में सरायत कर चुका था। हमारे पहुँचने के कुछ देर बाद उसकी जीवन-लीला समाप्त हो गयी।

मैंने डाक्टर साहब को फीस दी, लेकिन उन्होंने लेने से इनकार कर दिया और उसी ताँगे पर वापस चले गये। इस बीच में ज्ञान की माँ भी रोती-पीटती पहुँच गयी।

मैंने पूछा—'आखिर बात क्या हुई?'

रोते हुए माँ ने कहा—कल तक भली चंगी थी, सुबह उसने एक बार कहा—'मैं अब नहीं जाना चाहती।' मैंने कहा—'दुर पगली, यह अब कैसे हो सकता है?' इसके बाद मैं सब्जी इत्यादि लेने बाजार चली गयी, वापस आयी तो इसे तड़पते हुए देखा, फर्श पर एक पुड़िया पड़ी थी और यह पूर्जा, जो शायद उसने जल्दी में लिखा था। तड़पते हुए उसने कहा था—"यह भाई साहब को दे देना"।

मैंने बेताबी से कागज का पुर्जा लेकर पढ़ा। दो पंक्तियाँ लिखी हुई थीं :

भाई साहब,

आपके वैवाहिक जीवन की अपने जीवन से तुलना करती हूँ तो उसे एक मरुस्थल पाती हूँ—नीरव और सुनसान। फिर इस वीराने से सारी आयु गुजारने से लाभ? इसलिये विदा, क्षमा।

ज्ञान।

मैं भौचक्का-सा खड़ा रहा, इन तीन वर्षों में ज्ञान के मौन और गाम्भीर्य का जो रहस्य न खुल पाया था, वह आज खुल गया। अपने आपको मनोविज्ञान का बड़ा माहिर समझता था, इतनी बात न जान सका।

शाम को देवदत्त ज्ञान को लेने आ रहा था। गली में उसकी अर्थी मिली।